LETTRES CORÉENNES
série dirigée par Patrick Maurus

DES AMIS

La traduction a bénéficié, pour la préparation de cet ouvrage,
du soutien du Centre national du livre.

Titre original :
Pŏt
Editeur original :
Munye ch'ulp'ansa, Pyongyang
© Baek Nam-Ryong, 2011

BAEK NAM-RYONG

DES AMIS

roman traduit du coréen
(République populaire démocratique de Corée)
par Patrick Maurus et Yang Jung-Hee
avec l'aide de Tae Cheong

ACTES SUD

PRÉFACE

La traduction est toujours une géo-graphie.

N'importe quel texte, indépendamment de sa qualité, produit des images et des représentations d'un autre pays-langue, avec lesquelles les lecteurs se forgent ou complètent l'idée qu'ils se font de ce pays. D'où la grande responsabilité de ceux, éditeurs comme traducteurs, qui décident d'offrir à la lecture tel livre plutôt que tel autre. Cette responsabilité me semble encore plus lourde lorsque ce pays et sa littérature sont quasiment inconnus, ou encore que la "réputation" dudit pays est pour le moins problématique. Je passe rapidement sur les accusations de complicité qui volent ici ou là à vouloir parler d'autre chose que du régime politique ou du nucléaire, dans le cas nord-coréen. Il y a quand même un joli paradoxe à accuser ce pays de totalitarisme et à refuser qu'on cherche à en donner une image plus complexe ou du moins plurielle.

La traduction est un transfert culturel. On passe quantité de choses d'une langue à l'autre, qui dépassent largement ces langues : du culturel, du social, de l'historique, des représentations, et même lorsque le traducteur s'est préoccupé de tous ces transferts (dont une partie se fait à son insu), le lecteur ne peut pas disposer de tous les codes nécessaires. Un peu ce qui se passe avec des œuvres très anciennes dont le contexte s'est évanoui avec le temps.

Une préface et des notes peuvent alors être utiles ! Et échapper à l'habituel soupçon de n'être que des béquilles pour un traducteur qui n'a pas trouvé le "bon mot". Ces outils sont pour nous des moyens indispensables pour orienter la lecture. Bien loin de nous l'idée de dire aux lecteurs ce qu'ils doivent lire, mais il n'en reste pas moins que prétendre se plonger dans un texte issu d'une société et d'une culture inconnues, ce n'est pas jouir d'une liberté mais s'exposer inévitablement à mettre en jeu des représentations françaises par définition préexistantes. N'existant pas, c'est-à-dire n'étant pas représentée, la Corée du Nord ne sera lue que comme pays d'Asie-Orient : barbarie, foule, pluriel, jeunesse, copie, fourberie, danger, etc. Ça dure depuis Eschyle et ça n'est pas près de cesser.

Raison de plus pour lire, par exemple, Baek Nam-Ryong par la médiation du traducteur et du livre publié, et d'admettre, le temps d'une lecture, que l'information sur la Corée du Nord peut ne pas provenir uniquement de dénonciateurs qui n'y ont jamais mis les pieds.

Baek Nam-Ryong est né en 1949 dans la province du Hamgyŏng du Sud, qui s'étend sur la côte est de la RPDC. Au moment de la guerre civile (1950-1953), donc. Après le lycée, il travaille dix ans en usine, une expérience déterminante. Puis il étudie l'écriture à la faculté centrale Kim Il-Sung, et publie en 1979 sa nouvelle *Les Appelés* dans la revue *Chosŏn Munhak*, commençant ainsi sa carrière d'écrivain. Il a publié depuis une vingtaine d'œuvres, y compris *Pŏt* (Des amis) et *Saenghwal* (Vie). Actif dans le mouvement littéraire du 15 Avril (qui prône moins d'héroïsme et plus de réalisme dans les Lettres), il est devenu un écrivain réellement représentatif de la Corée du Nord.

Mais que signifie être représentatif ?

Lorsque je l'ai rencontré à Pyongyang en 2009, il a insisté fortement, et sans doute à juste titre, sur son origine et sa formation en usine. Son travail s'en ressent, qui se traduit littérairement par un attachement à la justesse du vocabulaire de détail, ce qui n'est pas un mince problème pour le traducteur. Cette trajectoire définit pour nous, bien que difficile à cerner, la notion de la littérature sur laquelle il s'est appuyé pour travailler.

Il s'agit toujours d'enseigner (la vertu, la ligne, peu importe l'objet). Loin d'être perçu comme une limitation de l'expression littéraire, on y voit sa justification et sa dignité. Et il faut employer les dénominations correctes. N'est-ce d'ailleurs pas une des grilles de lecture de ce premier roman publié en français* : le décalage entre le comportement de certains et leur fonction. Le premier devoir d'un responsable, c'est d'agir en responsable, et donc de veiller sur ses administrés en les traitant équitablement.

Des amis sont d'abord l'histoire d'un divorce**, c'est-à-dire d'un acte social et non pas du tout d'un problème de vie privée. Ici encore, il s'agit d'un héritage, dans un pays où les problèmes de la famille

---

* Une première nouvelle a été publiée dans la revue *Neige d'août*, n° 18, automne 2009 : *Dans le bus*, de Ko Kŭn. On trouvera une autre nouvelle de Baek Nam-Ryong, *Vie*, dans le numéro 4 de la revue *Tan'gun* (L'Harmattan).
** Une critique de ce livre, publiée au Sud, commence ainsi : "Je ne savais pas qu'on pouvait divorcer au Nord…"

large et du clan ont toujours été traités quasi publiquement.

Lorsque Soon-Hwi se présente devant le juge pour demander le divorce, elle sait qu'elle va provoquer un trouble, c'est-à-dire une faute sociale. Le travail du juge sera de peser le trouble provoqué par la dissension familiale et le trouble qu'entraînerait un divorce. Ce faisant, son enquête va le mener à déterrer des injustices sociales. En cela le texte est politique, puisqu'il établit le diagnostic des problèmes et cherche à les expliquer selon une grille précise.

Certaines pages de *Des amis*, très critiques contre les cadres, ont valu à Baek Nam-Ryong quelques déboires. Il s'en est sorti grâce à une intervention officielle, présentant au contraire son livre comme un modèle de critique constructive. Les dénonciations de l'arrivisme qu'il contient ne sont pas l'un des moindres intérêts de ce texte, qui ouvre une première fenêtre sur la vie quotidienne en RPDC, *via* les vagues provoquées par la demande en divorce.

La leçon est assez claire : il y a des voyous, des parasites et des lèche-bottes, mais le régime est fondamentalement bon. Les problèmes de la société sont explicables non par la société elle-même mais par ceux qui n'en respectent pas les règles. D'où l'hypocrisie dont font preuve les voyous pour échapper aux devoirs confiés par le Parti et s'approprier le travail des autres.

On peut être en désaccord avec l'auteur, si d'aventure on estime en savoir assez sur la RPDC, mais lui-même insiste fortement sur les bienfaits du régime pour un écrivain comme lui, et il est persuadé qu'ailleurs il n'aurait pas pu quitter sa condition pour se mettre à écrire.

Un texte de Corée du Nord présente bien des particularités linguistiques (par rapport au Sud, naturellement). Les références y sont différentes, et il est difficile de trouver des sources éclairantes. Le caractère "fermé" de cette société, c'est le moins qu'on puisse dire, décuple les difficultés, lesquelles sont encore accrues par la lourdeur du vocabulaire administratif. On ne trouve pas de traces des américanismes modernes, qui abondent au Sud, et les réformes linguistiques diverses ont marqué les discours. Le phénomène le plus connu est la disparition des sinogrammes au profit du seul alphabet national.

On sait peut-être que la langue coréenne, agglutinante, a longtemps été transcrite en sinogrammes, qui, pour être l'écriture des Classiques (confucianistes), n'en étaient pas moins très mal adaptés. Mais même après la mise au point d'un alphabet autochtone au XVe siècle, le sinocentrisme a toujours freiné l'expansion d'une expression écrite proprement coréenne. Et ce n'est qu'à la fin du XIXe siècle, au moment des réformes Kabo de 1894, que la question s'est réellement posée (sauf pour les femmes qui se sont toujours servies de l'alphabet), malheureusement au moment même où les puissances impérialistes lorgnaient sur la Péninsule. Pas vraiment le meilleur moment pour abandonner une écriture certes inadaptée mais très fortement dotée en capital symbolique. D'où l'usage mélangé du coréen et du chinois, *kukhanmun honyong*, qui désigne assez improprement l'usage de l'aphabet coréen pour toute la base grammaticale, et celui des sinogrammes, en quantité variable selon l'auteur, pour le lexique. On aurait pu penser que la Libération allait jouer un rôle, mais la guerre civile est venue fausser le jeu, et chaque Corée s'est emparée de la question linguistique comme un outil de plus pour se distinguer de l'autre.

Tandis que le Sud n'allait cesser de passer d'une réforme contradictoire à une autre, hésitant entre nationalisme linguistique et conservatisme, ne se débarrassant jamais des sinogrammes, les *hanja*, le Nord supprimait complètement ces derniers dès 1949. Cela coupait à la fois de la Chine, du passé et du Sud qui gardait les sinogrammes. Mais renforçait la coréanisation et facilitait considérablement l'alphabétisation. On continue toutefois à en apprendre à l'école (en pensant à la réunification), mais ce n'est pas du tout la même chose que de les utiliser dans la vie quotidienne, à commencer par la lecture des journaux et des panneaux indicateurs. C'est aussi en pensant à la réunification que la réforme ultime, l'écriture horizontale du coréen, *han'gŭl karo p'urŏssŭgi*, prônée dès 1914 par les Modernes, a été reportée*.

Mais c'est la langue elle-même qui offre de grands écarts, au point que lorsqu'un texte est publié au Sud, c'est toujours accompagné d'un lexique ! Par ailleurs, même les spécificités de la langue y ont pris des formes différentes : le système de désignation des personnes et la structure des formules de politesse, très complexes, y sont assez simplifiés, mais la traduction de ces simplifications est redoutable, puisque les lecteurs français risquent fort de ne pas la percevoir. Or, c'est le devoir premier du traducteur que de rendre chacune de ces nuances, du moins d'essayer.

Les écrivains du Nord se veulent avant tout Coréens. Leur travail inclut donc à la fois les formes

---

* On consultera avec profit sur tous ces points l'article d'André Fabre, "Réforme et modernisation de la langue coréenne", dans *La Réforme des langues*, vol. VI, Istvan Fodor et Claude Hagège, Helmut Buske Verlag, Hambourg, 1998.

dialectales des provinces du Nord, la langue *nationale* du Nord, c'est-à-dire celle parlée à Pyongyang et à la télévision, et enfin des formes valables pour tout le pays, mais souvent réifiées au moment de la division, donc porteuses d'archaïsmes (vues du Sud).

A quoi il convient d'ajouter le poids de l'histoire littéraire et de la politique. Les écrivains de RPDC, je l'ai dit, revendiquent (ou subissent) un certain rôle, éducatif, qui exige d'eux une certaine *tenue*. Un style assez soutenu est de rigueur, qui présente évidemment bien des écarts avec la pratique linguistique orale quotidienne.

Histoire de tout compliquer, les usuels disponibles sont rares en France et pas toujours très utiles sur place.

La littérature de Corée du Nord n'est pas plus différente de celle du Sud que ne le sont leur peinture ou leur musique*. Beaucoup moins en fait. Car le tronc est commun et la première génération de créateurs (à savoir ceux qui ont survécu à la Libération en 1945 et à la guerre de Corée, 1950-1953) est majoritairement formée par les écrivains communistes et nationalistes optant pour le Nord, soit par conviction, soit par rejet du Sud américanisé, soit en raison des caprices de la ligne de front. Aucun, naturellement, ne pouvait alors imaginer que soixante années plus tard le pays serait toujours divisé. La majeure partie d'entre eux avait travaillé dans la KAPF, Korea Artista Proletaria Federatio, dont le nom dit tout. Il s'agissait à la fois

---

* Je reprends ici une partie de mon article du *Dictionnaire des créatrices*, éd. Des Femmes : "Héroïnes de Corée du Nord" (à paraître).

du principal regroupement d'artistes et de la cible privilégiée de la féroce répression japonaise. Sont passés au Nord Kim Kirim, Yi Kiyong, Pak T'aewŏn et surtout l'immense Im Hwa, poète et premier historien de la littérature coréenne, qui sera victime de la première vague de purge dès 1955, co-accusé d'espionnage au profit des USA avec… le secrétaire général du PC.

Le régime de Kim Il-Sung a depuis imposé toujours davantage sa marque : "Un art et une littérature réellement réalistes et révolutionnaires montrent les plus beaux et les plus nobles aspects de la vie humaine." Avant que n'apparaissent des textes comme *Des amis*, il n'est jamais* envisagé une question littéraire féminine en elle-même. Seule la famille est évoquée (*Une famille ouvrière*, 1971). Pourtant, dans les œuvres majeures, les figures féminines dominent, à commencer par les mères. Brian Myers va jusqu'à parler de *violation de la convention littéraire* nord-coréenne lorsqu'un personnage de femme est insignifiant ! La Mère (l'influence russe est évidente) est aussi importante que le Père, et incarne quelques vertus majeures, bonté, simplicité, spontanéité, douceur, qui sont mêlées à celles de la Patrie, de l'Etat et de Kim Il-Sung lui-même.

En quelque sorte, la femme, dans les arts nord-coréens du temps (avant les années 1980), n'était ni la compagne ni l'avenir de l'homme mais son superlatif. Tout ce qui arrivait aux hommes se trouvait comme concentré et multiplié lorsque cela arrivait à une femme. Un paysan était susceptible d'être martyrisé par un propriétaire foncier. Une femme l'était toujours davantage, ne serait-ce qu'en raison de sa faiblesse (*La Jeune Bouquetière*, 1930

---

* Dans les limites étroites de mes enquêtes, naturellement.

pour la version écrite et scénique dirigée par Kim Il-Sung, dit-on ; 1972 pour la version scénique portée à l'écran). En cela, la RPDC se faisait héritière de la littérature classique coréenne. Le *Ch'unhyang-jŏn* (Histoire de Ch'unhyang) s'avère être le modèle productif, le creuset d'une large part des fictions. Ch'unhyang, fille de courtisane, est enfermée et torturée par le méchant mandarin pendant que son mari passe ses examens à la capitale, avant d'en revenir pour jouer les justiciers.

Mais, avec le temps, les personnages féminins perdent en intensité et les personnages masculins en contenance, à mesure que la figure de Kim Il-Sung en personne (puis avec son fils) va envahir les fictions. *Deus ex machina* et solution à tous les problèmes.

C'est dans les années 1990, avant même le décès de son père, que Kim Jong-Il initie, semble-t-il en personne, une nouvelle ère, le mot n'est pas trop fort. Parallèlement à un affadissement des thèmes militaires ou proprement révolutionnaires, les deux Kim tendent à disparaître des textes dont ils étaient des personnages quasi incontournables. La période héroïque s'achève. Et, à l'unisson du discours politique qui se déplace sur le scientifique ou le technicien comme sujets de l'histoire, au détriment du paysan, de l'ouvrier et du soldat, la fiction met l'accent sur le savoir et la production.

Selon le critique Kim Chaeyong, la littérature nord-coréenne a changé à la fin des années 1980, rompant quelque peu avec le romantisme révolutionnaire qui prévalait. Moins de surhommes, moins de sujets de guerre, davantage de questions du travail, de critique sociale. Bien que les années 1990 aient vu un relatif retour à l'héroïsme. Les nouveaux textes exposent presque toujours le conflit entre des révolutionnaires et un égoïste, sans pour autant offrir de simples portraits en noir et blanc. En dehors des anciens combattants, héros types, on constate une primauté des personnages scientifiques et techniciens, et c'est sur leur lieu de travail que se déroule l'action. *Des amis* exposent avant tout l'incompréhension entre une cantatrice et son mari fondeur en usine, au statut trop *modeste* pour elle. L'ambiance générale et le contexte politique sont résolument optimistes, car tous les *égoïstes* sont réformables. Tous peuvent comprendre leur défaut. Tous finissent d'ailleurs par comprendre leur défaut. La dénonciation de l'ennemi de classe a laissé la place à la pédagogie. La littérature du Nord a retrouvé son *cours naturel*, c'est-à-dire son confucianisme originel, celui qui exige des Lettres (pratiquement tout écrit) qu'elles enseignent[*].

Dans cette perspective, les personnages féminins abondent, ni positifs ni négatifs. C'est dans leur façon de respecter l'intérêt collectif et de lutter contre les sentiments de classe qu'elles sont jugées. Il est particulièrement intéressant de noter que cette littérature insiste fortement sur l'incapacité de certains protagonistes à oublier leurs préjugés sociaux.

Car il faut absolument se débarrasser des idées anciennes, féodales, et c'est à quoi doit s'employer tout écrivain. Aussi cet effort doit-il s'incarner dans des personnages indistinctement hommes ou femmes. Leur situation est de ce point de vue strictement la même. L'ouvrier ou le chercheur marié à une chanteuse ou une actrice, voilà qui ouvre deux champs des possibles. Aussi bien l'homme que la

---

[*] Ceci est également valable pour la poésie, mais je n'y ai pas encore décelé une réelle évolution, hormis pour vanter le slogan *L'armée d'abord*, ce qui est tout sauf une évolution littéraire. C'est en revanche un tournant politique de première ampleur.

femme peuvent commettre l'erreur sur laquelle sera fondée la narration. L'homme qui travaille peut aussi bien encourager sa femme que mépriser son désir de s'en sortir. Et la femme artiste peut aussi bien remercier son mari pour son aide que souffrir de son incompréhension bornée. L'important est que le texte (le plus souvent une nouvelle) fournisse une solution. Celle qu'offre une société qui se donne comme modèle.

La femme est encore un personnage idéal pour l'autre sujet de prédilection des romanciers nord-coréens : le conflit entre l'intérêt privé et l'intérêt collectif. La jeune fille ou l'étudiante est souvent convoquée pour opposer sa naïveté et son impatience à l'acharnement convaincu et anonyme d'un père qui se consacre obstinément à son usine ou à ses recherches.

C'est tout l'intérêt des personnages de *Des amis*. A l'occasion de la requête en divorce, le juge chargé d'instruire passe en revue les situations de couple qui l'entourent, à commencer par la sienne, pour s'apercevoir que la famille est loin d'être ce pilier du pays qu'on lui demande d'être. Ce faisant, les rôles masculins et les rôles féminins se confondent dans la même hésitation, quelque part entre leur réalité et l'idéal qu'ils sont supposés représenter ou atteindre. Le juge lui-même s'interroge sur sa propre situation, et sur l'agacement qu'il éprouve à devoir assumer les charges domestiques en raison des travaux agronomiques qui éloignent sa femme du foyer.

Les femmes écrivains qu'il est possible de lire développent semble-t-il la même problématique que les hommes. Dans *Chikjang changŭi haru* (Une journée du directeur), Kang Puk-Rye [née en 1932, débute en 1960 avec *Suyŏn-i* (Repas d'anniversaire), connue pour *Mŏn sanch'on esŏ* (Dans un village de montagne reculé), en 1992] présente une directrice d'usine en conflit avec son mari qui rechigne aux tâches ménagères. Pour sauver son couple, elle envisage d'abandonner ses fonctions, mais finit par renoncer. La vie privée ne doit pas entraver le devoir social.

Yang Wi-Son [née en 1942 en Chine, débute avec *Raengdongch'a unjŏnsu* (Un chauffeur de camion frigorifique), en 1974] décrit dans *Kŏdaehan nalgae* (Ailes impatientes) un autre conflit, entre fiancés. Elle, par égoïsme, refuse qu'il change en quoi que ce soit. Or il s'engage chaque jour davantage dans un projet scientifique qui requiert toute son attention et dont l'importance sociale devrait lui valoir tout le soutien de la femme qu'il aime.

Peu importe, au fond, que le rôle négatif soit tenu par une femme ou par un homme, puisqu'il n'existe pas de personnage franchement négatif, à l'exception des ennemis de classe. Malgré le risque de stéréotypie inhérent à toute problématique unique, celle-ci autorise finalement une certaine charge critique. Du moment que le régime est sain, que l'éducation est capable de régler les conflits, que tout problème trouve sa solution dans l'équilibre de l'individuel et du collectif, et dans le cadre du régime, il est possible de proposer la critique de certains personnages et de certaines situations. Y compris, rarement, de responsables politiques.

En quelque sorte, la littérature nord-coréenne actuelle est une littérature du couple et de la famille (malgré le mot d'ordre national de *L'armée d'abord*), dans la mesure où elle situe ses problématiques dans le couple et dans la famille nucléaire. Il ne faut pas en inférer que ce serait un retour vers le passé, puisqu'il s'agit d'une part d'une forme familiale nouvelle, d'autre part d'une synecdoque du pays tout entier. Mais il n'existe pas d'évolution linéaire et régulière d'une littérature, quelle qu'elle soit. L'idéologie nationale, qui en Corée du Nord agit directement sur l'écriture, sous forme de directives politiques, change rapidement et l'accent est désormais placé sur la *tradition*, bien que ce mot ne soit pas précisément défini. Il s'agit en fait, entre autres objectifs, de rendre obsolète le *chuch'e* qui expliquait tout. Car la Corée du Nord a désormais tellement besoin de la Chine qu'il ne lui est plus possible de placer l'autonomie politique au centre de tout.

Paradoxalement, le passage de la littérature nord-coréenne de la topique héroïque-militariste à la topique scientifique-pédagogique peut potentiellement profiter à des femmes, même si elles n'en sont pas spécifiquement l'objet. Là où, au Sud, le discours masculin patriarcal est le sujet de toutes les attaques, mais se trouve en même temps réactivé par une certaine narration anticoloniale (colonisateur mâle, colonisé femelle), au Nord, l'affadissement marqué du discours littéraire nationaliste (donc masculin) désexualise la fiction. La similitude qui existait jusque-là entre hommes et femmes se faisait sur le modèle masculin du héros de guerre. La similitude qui se maintient établit une sorte d'équilibre, puisque le dévouement au travail scientifique ou le rejet des préjugés de classe ne sont plus spécifiquement masculins.

L'héroïsme du quotidien auquel sont conviés les lecteurs ne déconstruit ni le nationalisme ni l'héroïsme, mais les désexualise certainement. Un début?

Reste naturellement la famille, origine de tous les conflits et source de toutes les solutions. On s'aperçoit vite que le modèle proposé est un couple (les deux travaillent) avec un enfant. L'homme est le chef de famille, la femme doit gérer la vie quotidienne.

On pensera ce qu'on voudra de ce schéma, mais il s'agit ici d'un roman (une fiction moyenne ou longue, selon les critères du Nord), et la famille est avant tout la scène où se produisent les dysfonctionnements sur lesquels se fonde la narration.

Hormis *Coréennes*, le livre-film génial de Chris Marker, c'est la première fois qu'on pourra en France jeter un coup d'œil par la fenêtre de la vie en RPDC, car ce texte n'a jamais été écrit pour des regards étrangers, à condition de ne jamais perdre de vue qu'il s'agit de littérature (qui plus est dans un autre sens que le nôtre). La propagande ou la "réalité" ne viennent qu'ensuite. Les catégories habituelles de lecture de la société du Nord (mensonge et archaïsme*) finiront-elles enfin par céder devant l'épaisseur de la réflexion littéraire ?

Et puisqu'il m'est venu d'évoquer Chris Marker, pourquoi ne pas conclure avec l'avertissement qu'il lançait il y a cinquante ans, qui reste tellement d'actualité et qui incitera peut-être à parler des quelque vingt-deux millions de Nord-Coréens autrement qu'en termes de paranoïa, de schizophrénie, de folie, à grand renfort d'Ubu et d'Orwell ?

> Mes amis coréens (…), vous n'avez pas fini d'en recevoir – des leçons de réalisme politique des honnêtes scribes de la Grande Agonie, des leçons de tolérance sous la robe des Inquisiteurs, et du fond des banques, on vous dira que, vraiment, vous vous attachez trop aux réussites matérielles. L'homme trompé ricanera de la pureté de vos filles, le demi-lettré de l'enfance de votre art, et chacun de vous tressera une couronne d'épines avec ses propres échecs.
>
> *Coréennes*, 1959.

---

* Je me permets de renvoyer à mon livre *La Corée dans ses fables*, Actes Sud, 2010, en particulier p. 84.

LEURS AMOURS

1

Le tribunal municipal populaire se trouve en banlieue, dans une région montagneuse. Les fenêtres
claires, larges, et les murs brun clair sont plus
lumineux que ceux des autres immeubles. Les affaires qu'on y traite sont sombres, car elles concer-
nent les fondements de la société ou des actes laids,
en revanche l'impression générale laissée par l'immeuble est plutôt gaie. Du bosquet de pins situé
devant le tribunal émane toujours de la fraîcheur.

Bien des habitants ne savent pas où se trouve
le tribunal. Parce qu'il n'y a aucune raison que ceux
qui vivent une vie civique saine, une vie sociale
normale et une vie familiale harmonieuse s'y ren-
dent.

Jong Jin-Woo, le juge, jeta un regard triste sur
une demande en divorce introduite par une femme.
Les malheurs familiaux des autres le plongeaient
toujours dans des réflexions lourdes et confuses,
comme si son cœur était enchevêtré dans un filet
aux poids de plomb.

De l'autre côté de son bureau était assise tête baissée une femme d'une trentaine d'années, dont émanait un léger parfum de maquillage. Il lui avait
expliqué que l'avocat était en voyage d'affaires et
qu'elle pourrait avoir une consultation quelques
jours plus tard, à son retour, mais elle n'était pas
partie, et elle était restée debout pendant plusieurs

heures dans un couloir du tribunal, comme enra-
cinée. C'était pourquoi le juge Jong Jin-Woo avait
dû s'asseoir devant elle après l'avoir fait entrer.
Cette femme, vêtue d'une robe à la mode, qui laissait franchement paraître son cou blanc, était en
train de pleurer. Ses belles épaules tremblaient légèrement.

Jong Jin-Woo posa son stylo sur ses dossiers de
consultation juridique et il attendit qu'elle se calme.

Nom : CHAI Soon-Hwi
Age : 33 ans
Adresse : 19, Kangan-dong
Profession :

En raison de son chagrin, elle n'avait pu remplir
la suite. Mais le juge Jong Jin-Woo connaissait parfaitement son métier. Elle était cantatrice, contralto
dans la troupe artistique régionale. Quand il allait
au théâtre, une fois tous les quelques mois, il aimait l'entendre chanter. Son ampleur vocale, large
comme un fleuve, son lyrisme délicat savaient attirer les spectateurs dans un monde mélodieux.

Cette femme, qui recevait les applaudissements
et les bouquets de fleurs comme des pigeons s'en-
volant tous en même temps, était venue au tribunal en raison d'une vie familiale dont les spectateurs
ignoraient tout. Quel motif ?… Un problème phy-
siologique ou physique entre conjoints ?… Non,
cette femme avait un fils. En chemin vers le bureau,
Jong Jin-Woo l'avait vue passer quelquefois, tenant
son beau garçon par le poignet. Kangan-dong, un
quartier résidentiel pour employés, n'était pas loin
de chez lui. Dans ce cas, peut-être que… son mari
aimait une autre femme ?… Il préférait que ce ne
soit pas une question d'adultère. C'était probablement un problème de caractère, ou de relations
difficiles avec ses beaux-parents. Et si elle avait

frappé à la légère à la porte du tribunal, à la suite d'une colère provoquée par une simple dispute, ce serait mieux encore. Les jeunes couples qui avaient rêvé d'une vie idéale au moment de leur mariage venaient toujours en se plaignant d'un *grand malheur*, parce qu'ils étaient incapables de régler leurs petits soucis ou de surmonter leurs divergences d'opinion.

Mais le juge Jong Jin-Woo sentait de plus en plus qu'elle n'était pas venue pour un petit problème, ce qu'il aurait préféré.

Les yeux humides, suppliants mais résolus, les bords des paupières assombris, l'inquiétude de son visage démaquillé révélaient ses soucis accumulés.

Après un bon moment, elle tira un mouchoir en tissu et effaça soigneusement toutes les traces de chagrin de son visage. Essayant de reprendre contenance en passant élégamment ses mains dans ses cheveux, elle poussa un léger soupir, puis leva un visage gêné.

— Ma profession est…

— Je la connais. Dites-moi le nom de votre mari.

— Il s'appelle Ri Sok-Chun…

— Age ?

— Il a trente-cinq ans.

— Lieu de travail…

— L'usine mécanique de Kangan… Il est tourneur.

Sa voix, sans doute à cause de ses sanglots fréquents, était un peu troublée, mais elle avait un beau timbre clair et elle était belle.

Jong Jin-Woo enregistra rapidement ces renseignements sur une fiche de consultation judiciaire et il demanda :

— Avez-vous des enfants ?

— Un fils… Mon fils… *hŭk*…

Elle recommença à verser des larmes de profonde tristesse. Parce qu'elle venait sans doute de repenser à la destinée malheureuse de son enfant. Son expérience comme juge avait appris à Jong Jin-Woo que les femmes avaient en général des difficultés à parler de leurs enfants. Il arrivait que certaines n'y pensent pas ou soient prêtes à les abandonner sous le coup de l'inquiétude, de la colère ou du désespoir, mais, une fois devant la loi, la peur qu'on leur prenne leurs enfants leur rappelait combien ils étaient pitoyables. D'autres femmes pourtant ne pensent pas que les enfants soient un empêchement au divorce. Devant l'urgence, celles-là peuvent plus facilement en parler.

— Votre fils a quel âge ? demanda Jong Jin-Woo d'une voix douce.

— Il a six ans*.

— Il va à l'école, sans doute ?

— Comme son anniversaire est tard dans l'année… il ne finira l'école maternelle que cet automne.

Elle ravala ses larmes et releva ses cheveux épars sur son front. Il semblait qu'elle s'était calmée, car sa voix ne tremblait plus.

— Depuis quand êtes-vous… mariée ?

— Ça aussi… vous devez le noter ?…

Un léger sourire douloureux apparut sur son visage.

— Je dois l'enregistrer dans le dossier parce que c'est la date légale de votre union.

— … C'était… le… 10… au mois de mai… 1974.

Elle répondit d'une voix hachée, puis tourna la tête et posa son regard sur un coin du bureau placé devant elle. Il semblait qu'elle n'avait pas très envie de se rappeler ce jour plein de bons souvenirs et manifestement si contraire au moment présent.

* Comme au Sud, on dit "sept ans", puisque l'enfant a "un an" à sa naissance.

Jong Jin-Woo n'était pas pressé, il inscrivit la date du mariage et il regarda le calendrier accroché au mur derrière les épaules de la femme. On était le 24 avril, à un mois près elle était mariée depuis dix ans.

— Au fait, camarade* Soon-Hwi, quel est le motif du divorce ?

— ?...

Elle afficha un instant un air incrédule, comme si elle n'avait pas compris les paroles du juge. Celui-ci lui expliqua doucement en pointant le dossier avec son stylo :

— Pourquoi voulez-vous vous séparer de votre mari ?... Autrement dit, pour quelle raison voulez-vous divorcer ? C'est le motif qu'il faut pour le dossier en requête en divorce.

— Je suis... pas bien avec mon mari. Ça fait déjà plusieurs années. J'ai toléré... jour après jour, mais maintenant je n'en peux plus.

Ses lèvres tremblèrent légèrement, comme si la tristesse la reprenait.

— Comment ça, vous êtes mal avec lui ?

— ?...

— On ne peut pas satisfaire à la loi avec de simples raisons ordinaires.

— Je ne peux plus vivre comme ça. Vraiment plus !... C'était une erreur d'être ensemble. Nos caractères ne sont vraiment pas compatibles.

* Formule évidemment courante au Nord. La version éditée au Sud insère, dans le texte, la parenthèse suivante : *Mot pour s'appeler ou se désigner familièrement entre personnes d'un pays socialiste qui travaille à la révolution de la classe ouvrière.* Personne ne croira qu'un seul Sud-Coréen ignore l'emploi du mot "camarade". C'est d'ailleurs le titre d'un feuilleton télé récent. L'éditeur de ce livre doit-il le transformer en objet étrange afin d'en justifier la parution ? Ou faut-il y voir une nouvelle manifestation de l'ignorance dans laquelle baignent tant de Sud-Coréens ?

— Et comment est le caractère de votre mari ?
— Il est froid comme une pierre et complètement insensible.
— L'insensibilité, ce n'est pas bien, mais… être froid comme une tombe, c'est généralement considéré comme la qualité première pour un homme.
— Si c'était une tombe, qu'est-ce que j'aurais à lui reprocher ?… De temps à autre, il suffit d'un rien pour qu'il me couvre brusquement d'injures.

Dépassée par son émotion, sa rancune explosa, faisant grimper sa voix comme les doigts d'un pianiste courant de gauche à droite. Puis elle retomba dans un désespoir mélancolique propre à attirer de la compassion.

— Camarade juge*… Aidez-moi… Ça fait longtemps que je vis avec lui sans amour. Eprouver de la honte envers le bureau et les gens… Si je ne suis pas venue au tribunal plus tôt, c'est par inquiétude pour mon fils.

Jong Jin-Woo versa de l'eau du thermos dans un verre et le posa devant elle.

— Camarade Soon-Hwi… racontez-moi tout cela lentement et en détail.
— Moi… nos rythmes** de vie sont complètement désaccordés.
— Quels rythmes ?

* Elle emploie maintenant *tongji* au lieu de *tongmu*, dont l'édition sud-coréenne nous dit, toujours par une parenthèse dans le texte, que c'est un terme plus élevé que *tongmu*. Les deux termes sont en fait bien plus interchangeables.
** La version nord-coréenne de la langue coréenne emploie aussi le *konglish* (les xénismes, les mots anglo-américains et autres entrés dans le coréen), c'est-à-dire le mot *ridŭm*, apparu probablement avec *tempo*, au moment de l'ouverture aux forces étrangères et à leurs musiques, à la fin du XIXᵉ siècle.

— Je préfère expliquer avec des termes de musique. Autrement, comment parler directement de l'histoire de notre dissension ?

— ...

Jong Jin-Woo passa sa main dans ses cheveux saupoudrés de gris comme de la cendre de cigarette.

Elle fixa enfin attentivement le visage du juge qui avait l'air d'avoir la cinquantaine et elle dit, sur un ton sérieux et modeste :

— Camarade juge... réfléchissez. Est-ce que le son des cymbales *kkwaenggwari* peut s'accorder avec celui de la paisible flûte *tanso* ? Est-il possible de constituer un ensemble avec les deux ?

— Artistiquement, non.

— L'art n'existe pas sans la vie quotidienne. La dissonance dans la vie de couple n'apporte que la souffrance. Mon mari me méprise vraiment. Il déteste ce que je suis... Il critique ma façon de m'habiller. Quand mes camarades de bureau viennent chez nous, il va dans une autre pièce et ferme la porte, ou alors il s'en va carrément. Camarade juge, comment faire avec cet homme ?...

Ne comprenant pas, Jong Jin-Woo rétorqua :

— Je ne pense pas qu'il agirait ainsi si vous n'aviez rien fait. On dirait du mécontentement... Parlez-moi plutôt de cela.

Elle baissa les yeux et tira sur les pans de sa robe, comme en colère.

— Je ne sais pas trop... Je ne pense pas avoir dédaigné mon mari... Je l'ai toujours écouté...

— Camarade Soon-Hwi, comment pouvez-vous le respecter et le comprendre si vous vivez sans amour pour lui ?

— ?!...

Relevant ses sourcils de surprise, elle regarda le juge. Ses beaux yeux semblaient perdus et paniqués.

Le regard froid du juge et ses questions aiguës paraissaient l'embarrasser.

— J'ai sincèrement accompli mes devoirs envers mon mari. Je l'ai calmement soutenu, lui qui ne pensait qu'à son travail, son tour, comme s'il s'agissait de faire tourner la terre… J'ai fait de mon mieux pour le soutenir dans son projet qui a duré cinq ans. Que son salaire arrive ou non, sans qu'il s'occupe de la maison… j'ai tout supporté dans la vie quotidienne. Pourtant, je n'ai eu droit qu'à l'insulte, au sentiment de vide et à la douleur. Si j'avais été capable d'en endurer davantage, je ne serais sans doute pas venue ici. … Non, non… je n'en peux plus ! Maintenant, je ne peux pas en supporter plus. Je suis chanteuse. J'aime le chant et j'aime les spectateurs. A cause de cette pénible vie commune… Je ne peux sacrifier mon avenir… mon but.

— Et pourquoi son salaire n'est-il pas rentré régulièrement ?

— Pour ses inventions, il a fabriqué des objets défectueux et donc porté préjudice à l'usine. Comme il est honnête, il a remboursé.

Elle eut un sourire triste. Son air était trop calme et méprisant. Il devina qu'elle désapprouvait le fait que la conversation dévie vers cette histoire d'argent. Jong Jin-Woo ne partageait pas son avis. Animé par son sens du concret et de l'objectivité, il avait posé cette question afin de comprendre ses véritables raisons.

Elle ne cessait de frotter de la main le coin du bureau. Dans ses yeux humides, aux longs cils, brillaient des pupilles noires, qui semblaient très décidées.

— Pourquoi n'êtes-vous pas venue avec votre mari ?

— Il m'a dit qu'aller au tribunal était une honte. Il a prétendu qu'il n'avait pas de temps à perdre à traîner dans ce genre d'endroit où on enregistre les querelles familiales dans des dossiers. Mais qu'il était d'accord pour la séparation.

Jong Jin-Woo résuma ces propos dans le dossier de requête en divorce. Son insistance restait très abstraite. Elle soupira longuement en voyant le dossier dans lequel était noté tout ce qu'elle avait expliqué. Un souffle sortit de ses lèvres en tremblant tel un instrument à cordes. Elle demanda prudemment, après un long silence :

— Quand est-ce que je peux accomplir... les formalités pour le divorce ?

— Divorcer n'est pas aussi simple que monter ou descendre de scène. Je dois rencontrer votre mari pour écouter ce qu'il a à dire, et aussi prendre des renseignements auprès de votre unité populaire et de votre lieu de travail. Et après tout cela...

— Camarade juge, est-ce que cela signifie que vous ne me croyez pas ?

Jong Jin-Woo répondit avec sérieux.

— Le tribunal ne se fonde pas sur des déclarations à sens unique, et il décidera sur la base de considérations objectives et équitables.

Elle caressa sa robe avec un sentiment de regret, puis se leva.

— Camarade juge... Accordez-moi le divorce. Je vous en supplie. Vous ne pouvez pas imaginer à quel point... il m'a été difficile de venir jusqu'ici au tribunal.

Ce genre de propos était très ordinaire chez ceux qui demandaient le divorce.

Jong Jin-Woo referma son dossier, et, avec sa générosité professionnelle, se forgea un air aimable.

— Camarade Soon-Hwi, calmez-vous, rentrez et attendez. Pendant ce temps, occupez-vous bien de votre mari et de votre fils. Même si un jour vous divorcez, vous devez agir comme il faut.

Les larmes séchaient sur les yeux de la jeune femme. Elle salua respectueusement et se dirigea vers la porte.

La porte se referma sans bruit et le bruit des chaussures à talons disparut dans le couloir.

Le bureau replongea dans le calme.

Un rayon de soleil du printemps tardif inonda la pièce, mais Jong Jin-Woo n'en sentit pas la chaleur. Un écho d'amertume assombrissait profondément son cœur.

Le juge fit quelques pas dans son bureau, les bras sur la poitrine. Le parquet soupira de douleur comme s'il était en vie.

Dévorant ce bruit, le téléphone sonna sur la table. Il décrocha le combiné.

— Juge Jong Jin-Woo à l'appareil.

Une voix grave et ferme retentit dans ses oreilles.

— Je suis Chai Rim, du Comité départemental de technique industrielle. Où est le camarade directeur ?... Son bureau ne répond pas.

— Il est en voyage d'affaires à Pyongyang.

Jong Jin-Woo se dit que le nom de Chai Rim lui était familier.

— Il va revenir bientôt ?

— Il ne va sans doute pas revenir avant quelques jours.

— Ah bon...

L'autre comme à regret laissa passer un moment. Son souffle bas semblait indiquer qu'il avait quelque chose à dire.

Jong Jin-Woo s'enquit poliment :

— Dites-moi donc ce qu'il y a.

— Ah... oui... Je suis président du Comité.

— Je vous écoute.

— C'est-à-dire que... A-t-on déposé une demande de divorce aujourd'hui ?

— Tout à fait.

— Une femme nommée Chai Soon-Hwi est-elle passée ?

— Oui…

Jong Jin-Woo tendit l'oreille.

La voix de l'autre se fit caressante.

— J'imagine que c'est un casse-tête pour vous ?

— Ça va. C'est mon métier.

— Alors, camarade juge, qu'allez-vous faire ? Vous prononcerez le divorce ?

Jong Jin-Woo ressentit un certain mécontentement, parce que le ton de la voix n'était pas celui d'une question, mais plutôt celui d'une demande.

— Je ne sais pas quelle relation il y a entre vous, camarade président, et sa famille, mais il me semble que votre intérêt pour nos affaires est trop direct. Quand un intérêt vient croiser une requête, cela complique les affaires du tribunal.

Il n'y eut pas de réponse.

Jong Jin-Woo continua doucement.

— Je ne peux prendre de décision en n'entendant qu'une seule personne dans un couple. Pour bien comprendre et pour décider de façon équitable… cela prendra certainement du temps.

— Camarade juge, puis-je passer demain ou après-demain ?

— Quand vous voulez.

Jong Jin-Woo raccrocha.

Une vague anxiété l'avait saisi, provoquée par ce président inconnu du Comité départemental de technique industrielle. Son impatience irraisonnée à rechercher une conclusion hâtive au lieu de réfléchir, son ton supérieur où transpirait la puissance de son poste, le fait de chercher le directeur, tout cela se mêlait dans sa tête. Jong Jin-Woo avait à l'occasion eu affaire à des idiots qui cherchaient à tirer profit de décisions de justice en utilisant leur poste ou leurs relations, et il souhaita que le président ne soit pas un de ceux-là. Parce que l'aide de ceux qui mélangeaient comme les alcools les principes et l'harmonie causait au juge davantage de soucis que le divorce lui-même.

Jong Jin-Woo se dirigea d'un pas lourd vers le canapé. Il ferma les yeux, et ce nom familier lui revint. Chai Rim… Il lui sembla que ce n'était pas de bon augure que de se souvenir de ce nom. A quelle occasion, pour quelle affaire, ce nom… ? Il n'était composé que de deux syllabes*, ce qui le faisait plus facilement remarquer… Ah, bien sûr. Il comprit. Chai Rim… le responsable des ventes de l'usine de produits électriques, un bel homme, de belle allure, qui avait demandé le divorce à cause de l'inconduite de sa femme. Ils s'étaient finalement séparés. Jong Jin-Woo avait prononcé le divorce. Il y avait six ans de cela.

Ce jour-là, il n'y avait pas grand monde dans la salle d'audience. Jong Jin-Woo avait pris place au centre, entre deux représentants du peuple**, et il y avait aussi un procureur et une secrétaire. La salle était presque vide. Personne à part la famille. Chai Rim, assis au premier rang, le visage rond et blanc, observait chacune des personnes assises dans le tribunal, sous le drapeau national hissé solennellement. Il n'y avait pas la moindre trace d'inquiétude ou de désespoir sur son visage inexpressif. A côté de lui, sa femme était assise, tête baissée, attendant les spéculations dommageables concernant sa vie civique. Ils étaient sans doute assis côte à côte pour la dernière fois de leur vie.

---

* A la chinoise, la plupart des noms sont formés d'un nom de famille et d'un "prénom" placé après et presque toujours composé de deux syllabes, dont l'une est théoriquement propre à toute une génération.
** Ils ont voix au chapitre, au même titre que le juge.

Jong Jin-Woo était en colère contre Chai Rim qui avait utilisé le *comportement* de sa femme naïve comme prétexte pour son divorce. Quel problème y avait-il à ce que sa femme soit revenue quelquefois du travail avec un collègue de bureau ? Leurs maisons se trouvant sur le même chemin, ils avaient le droit de se raconter des histoires drôles ou de discuter du travail en tant que camarades... Mais il avait provoqué et critiqué sa femme, il l'avait même frappée... Jong Jin-Woo avait pu deviner en cours d'instruction le véritable motif de Chai Rim : *Cette campagnarde est primitive au point de chauffer la bière quand il y a des invités...*, *petite et moche, pas sociable et inintelligente...*, sa véritable raison pour obtenir le divorce était qu'il ne pouvait plus vivre avec cette femme, lui qui par sa réussite à l'usine était promis à une belle carrière. Le juge devait rejeter la requête de cet homme qui conservait les derniers vestiges des idées, des conventions et des vues bourgeoises, et il se devait de s'y opposer fermement. A propos des coups sur sa femme, il avait voulu exiger une explication du mari et même lancer une procédure pénale, mais il n'avait pas pu car l'usine avait voulu prendre des mesures.

La femme de Chai Rim... elle n'avait même pas eu le courage de lever la tête et de regarder en direction de la cour pendant l'audience, elle travaillait à l'Office des forêts pendant que son jeune mari était étudiant en ville. Brûlée par le soleil, gercée par le vent, trempée par la neige et la pluie, elle parcourait la montagne pour planter des arbres. Elle gardait peu d'argent pour elle-même chaque fois qu'elle touchait son salaire et envoyait tout le reste à son mari. Contrairement aux autres femmes, elle n'achetait pas de vêtements au changement de saison et ne se maquillait jamais. Elle trouvait que ce n'était pas nécessaire, et que quelques vêtements pour sortir suffisaient, puisqu'elle travaillait dans les montagnes, dans les forêts et les vallées. Son espoir était que son mari finisse l'université et devienne un grand ingénieur. Ils pourraient alors trouver une maison dans un quartier industriel et mener une vie heureuse. En rêvant à ce jour-là, elle avait pris soin de son fils et de sa fille en bas âge, avec les arbres. Mais son rêve modeste s'était brisé comme l'écume, après quelques années. Le mari qu'elle avait aimé et gardé dans son cœur n'était pas celui qu'elle imaginait. Il ne prononçait jamais de paroles douces capables de toucher son cœur. Il ne lui avait même pas acheté d'ensemble à la mode pour sa nouvelle vie en ville. Elle n'avait jamais pu s'installer dans le cœur de son mari. Son mari ne lui avait pas ouvert la porte de son cœur. Lorsque, de temps en temps, elle s'ouvrait, il en sortait un air froid comme d'un entrepôt vide. Il lui semblait que son mari la traitait comme une bonne et une garde d'enfants. Elle s'était consolée en comprenant que le poste de son mari était respectable et qu'il était très occupé, et elle avait vécu avec leurs enfants en leur donnant tout son amour…

Jong Jin-Woo avait pris cette femme en pitié. Alors il n'avait pas interjeté appel en faveur de ses droits. Si elle avait élevé un tant soit peu d'objections, il aurait pu s'opposer au divorce. Mais pendant l'audience, contre toute attente, ses supplications avaient été très fortes. Elle n'espérait plus l'amour de son mari. Elle l'avait abandonné depuis longtemps. Elle s'était contentée d'espérer un simple traitement humain, mais même cela était impossible. Elle n'avait reçu que mépris, insultes et contraintes. Elle avait ajouté calmement qu'elle ne voulait plus vivre avec son mari. Des larmes avaient coulé sans arrêt sur ses joues couvertes de taches de rousseur. C'étaient des larmes mêlées au regret de sa vie dans la tristesse. Une voix fine et tremblante, des larmes volontaires et faibles, mais on sentait une forte résolution tournée vers l'avenir et sa nouvelle vie. Elle qui avait travaillé ardemment de ses mains épaissies dans la montagne pouvait éclore comme un chrysanthème sauvage dans une forêt mortelle couverte de givre.

Jong Jin-Woo avait pensé utiliser la force de la loi pour respecter la volonté et la personnalité de cette femme. Parce que le devoir de notre* loi est de protéger la femme de l'idéologie féodale qui contraint les personnalités, les principes spirituels et moraux.

Jong Jin-Woo avait prononcé le divorce. Il s'était senti mal. A cause de l'impossibilité de se défaire d'une inquiétude pour les enfants, alourdie par la mauvaise conscience qu'une cellule de l'organisme de la société était détruite. Quelques jours avant le jugement, les enfants avaient été convoqués dans le bureau du juge. Comme le garçon et la fille étaient collés l'un à l'autre sur les deux chaises indiquées par Jong Jin-Woo, une autre était restée vide. La fille avait neuf ans et le garçon six. Ils fréquentaient la même école. Le juge avait parlé le plus brièvement possible afin de ne pas les faire souffrir. Désormais, votre père et votre mère vont définitivement se séparer, alors, vous, avec qui voulez-vous vivre ?… Les enfants étaient généralement confiés à la partie la plus susceptible d'assurer leur avenir, mais il fallait quand même écouter et respecter la volonté des enfants.

Le frère et la sœur n'avaient tout d'abord pas répondu à cette question par trop pénible et fatale

---

* Le "nous" coréen est d'un usage très large, englobant le "on" et le "je". Il n'est donc pas surprenant ici, à ceci près qu'il n'est pas obligatoire.

pour eux. Parce qu'ils n'avaient jamais imaginé que la dissension entre leur père et leur mère aurait une telle conséquence. Après un bon moment, la fille avait ouvert la bouche dans un torrent de larmes.

— Je... Je... veux vivre avec ma mère.

Le garçon avait répondu en hâte :

— Moi aussi... avec ma mère... je veux pas quitter ma sœur.

— ...

Jong Jin-Woo était sorti du sofa comme s'il entendait encore leurs voix. Il ne voulait pas s'en souvenir, mais leur image ne disparaissait pas de devant ses yeux. Dans la salle d'audience, ce jour-là, il avait décidé que la fille vivrait avec sa mère et le fils avec son père. Il aurait mieux valu que la mère s'occupe des enfants, mais il ne pouvait pas imposer cette charge à la seule mère. Il fallait penser à l'aspect financier de l'avenir du garçon. En tout état de cause, les enfants aussi avaient été séparés.

C'était six ans auparavant. Six années s'étaient écoulées. Jong Jin-Woo ne savait pas trop ce qui était advenu d'eux depuis. Il savait seulement que Chai Rim s'était remarié avec une jeune femme peu de temps après et que la femme était restée seule avec sa fille. Maintenant la fille avait quinze ans et le fils douze. Ils vivaient dans la même ville, mais se croisaient rarement. Quelques années auparavant, il avait rencontré cette femme par hasard, il ne l'avait pas saluée, car elle était passée rapidement en l'évitant. Naturellement, s'ils n'avaient pas fait appel, ni le juge ni le tribunal ne pouvaient se préoccuper de la façon dont ils vivaient. Surchargé de travail, il n'avait pu y prêter attention. Pourtant Jong Jin-Woo n'oubliait jamais un procès ni ses protagonistes. Il s'agissait d'une affaire et aussi de destins humains. Il avait besoin d'une logique solide et équitable, de sentiments de haine et d'amour, et il était donc normal que des traces restent dans sa mémoire.

Chai Rim… Président du Comité régional de technique industrielle… C'était vraiment cet homme ?… Il est vraiment capable de revenir au tribunal avec son passé si laid ? Il se dit que puisque le Chai Rim de cette époque n'avait pas changé, il lui était tout à fait possible de se mêler sans gêne des histoires des autres. Comme il avait trahi son amour et ses obligations envers sa femme, il devait avoir enterré sans difficulté la blessure sentimentale du passé. Donc Chai Soon-Hwi et lui étaient parents ?… Non, ils portaient peut-être seulement le même nom*. Jong Jin-Woo fit quelques pas dans son bureau pour chasser ces idées désagréables. Le parquet grinça.

---

* Les noms de famille coréens sont peu nombreux. Des millions de personnes s'appellent Kim, Ri ou Chai (transcriptions du Nord).

2

Au moment du coucher de soleil, il se mit à pleuvoir soudainement.

C'était un caprice du temps typique d'une région montagneuse.

Le juge Jong Jin-Woo n'avait pas de parapluie au bureau. Il ne pouvait pas attendre que la pluie s'arrête. Pour aller jusqu'au 19 Kangan-dong, ce n'était pas tout près, mais il pouvait s'y arrêter en chemin en rentrant chez lui.

Il courut presque sous les arbres à clochettes qui venaient de se couvrir de feuilles, mais peu après des gouttes tombèrent de son front, et il sentit ses épaules et son dos se mouiller. C'était une pluie froide.

Près du petit pont en ciment qui enjambait un ruisseau, des maisons étaient alignées en ordre.

Vêtue d'un imperméable et de bottes, une petite fille lui indiqua gentiment la maison de Ri Sok-Chun en levant son parapluie au-dessus de la tête de Jong Jin-Woo.

La maison de Ri était un deux-pièces charmant, couvert de tuiles.

Un garçon de six ou sept ans, trempé et tremblant à côté de la porte de la cuisine, fixait l'eau qui tombait du rebord du toit.

A côté de lui, un chien au poil jaune tout aussi trempé, assis, la mâchoire levée distraitement, regarda le passant approcher. A cause de son poil mouillé ou de son caractère doux, il n'aboya pas.

Entrant dans la cour, le juge demanda :

— Toi, tu es de cette maison ?

— Oncle*… vous venez d'où ?

Cet enfant l'ayant interrogé sans répondre, le juge comprit tout de suite qu'il était malin. Ses cheveux étaient trempés et collés sur son front, cet enfant avait des fossettes sur les joues et la chair de poule. Dans ses grands yeux ressemblant à ceux de sa mère, il y avait une inquiétude et un doute qui n'étaient pas de son âge, mêlés à de la curiosité naïve. C'était la précocité d'un enfant ayant grandi dans une famille malheureuse.

— Moi, tu veux dire ?…

Le fixant de son regard professionnel, le juge ne put finir clairement ce qu'il voulait dire. Il ne pouvait expliquer à cet enfant naïf qu'il y avait un tribunal traitant équitablement les conflits entre père et mère.

— Moi… je viens du bureau de ton père.

L'enfant éternua deux fois en fermant les yeux, puis il répondit avec doute :

— Mon père n'est pas rentré du bureau…

La capacité de l'enfant était vive.

— Oh, tu es intelligent… je trouve. Je suis un peu en avance. Ton père va sans doute rentrer après avoir nettoyé son tour et enlevé la limaille.

L'enfant lui jeta un regard de confiance.

— Vous êtes aussi tourneur ?

— Hum… je tourne à peu près la même machine… Toi, tu finis l'école maternelle cet automne et après tu vas à l'école primaire ?

L'enfant soupira comme un adulte.

— Parce que mon anniversaire est tard.

* A des adultes inconnus les enfants disent "oncle" et "tante".

43

— Tu t'appelles comment ?

— Je m'appelle Ri Ho-Nam.

— Donc, Ho-Nam… Il n'y a personne à la maison ?

Il hocha la tête et s'écarta d'un pas.

A ce moment seulement Jong Jin-Woo aperçut le cadenas accroché sur l'anneau de la porte de la cuisine.

L'enfant éternua à plusieurs reprises, puis toussa. Son visage s'empourpra.

Jong Jin-Woo s'inquiéta soudain pour lui, et il toucha son front mouillé. Il était aussi chaud qu'un sol chauffant.

— Tu as pris froid. Tes vêtements sont trempés… Tu as mal ?

L'enfant secoua la tête pour dire non.

Jong Jin-Woo observa attentivement les maisons voisines, mais personne ne semblait être rentré, car tous les cadenas étaient fermés. Il hésitait, lorsque s'approcha la fille qui lui avait indiqué la maison.

Il demanda à la fille qui s'était approchée lentement :

— Camarade, où habitez-vous ?

— Un peu plus loin. Là-bas, la résidence près de la rivière.

— J'imagine que ce n'est pas la même équipe du peuple.

— Non…

— Jeune camarade, j'aimerais vous demander une chose. Lorsque les parents de cet enfant rentreront, dites-leur que c'est moi qui l'ai emmené.

Le juge lui fournit son identité et son adresse à voix basse pour que Ho-Nam n'entende pas. Son idée de rencontrer son père et de discuter avec le responsable de l'équipe du peuple devait être maintenue.

L'enfant toussait continuellement.

Jong Jin-Woo sortit un mouchoir en tissu et en frotta la tête et le visage mouillé de cet enfant.

— Ho-Nam, on va aller attendre chez moi. Pas très loin d'ici.

L'enfant confia docilement son poignet à Jong Jin-Woo comme s'il avait confiance en lui et le suivit. L'eau faisait du bruit dans ses petites bottes.

Jong Jin-Woo les lui enleva, vida l'eau et le rechaussa. L'enfant toussa encore.

— Je te porte sur mon dos ?

— Oui...

Sans doute trop fatigué, il se laissa complètement aller sur le dos du juge.

Le chien inquiet les suivit, la queue dressée.

— Kom, reste là... Oncle, je peux emmener mon chien ?

— Difficile... J'habite dans un appartement au deuxième étage*.

— Komi, reste là. Je reviens très vite.

Le chien baissa la queue en gémissant, puis retourna s'asseoir près de la porte de la cuisine.

La pluie se calma un peu. Pour eux qui marchaient sans parapluie, cela ne pouvait pas mieux tomber.

L'enfant était lourd pour ses huit ans. La poitrine mouillée de l'enfant accroché sur le dos était collante et se réchauffa tout de suite. La température de l'enfant était plus élevée que la sienne. Jong Jin-Woo pressa ses pas qui éclaboussaient. De grosses gouttes tombaient entre les branches. L'enfant avait la tête enfoncée entre les épaules, peut-être à cause des gouttes froides qui lui tombaient dans le cou. Il fourra son nez dans le dos de Jong Jin-Woo.

* Le troisième étage, puisque en coréen le rez-de-chaussée compte pour le premier.

45

— Hé, Ho-Nam.

— Oui ?

— Tu vas à l'école maternelle de la troupe artistique ?

— Oui.

— Pourquoi rentres-tu souvent tout seul à la maison ?

— Je... un grand garçon.

— Oh, quand même, cette école est loin. C'est pour cela que les autres enfants donnent la main à leurs parents pour rentrer.

— Je... m'en... fiche.

C'était une réponse triste et brutale. Son cœur manquant de l'affection de ses parents exprimait une jalousie naïve.

— Toi, tu préfères ta mère... ou ton père ?

Un souffle chaud de l'enfant passa sur son cou et derrière ses oreilles. L'enfant ne bougea pas et garda son visage enfoncé dans le cou de Jong Jin-Woo, puis il ouvrit doucement son cœur :

— Je les aime tous les deux.

— !...

Réfrénant ses sentiments normaux d'enfant entre des parents qui ne s'entendaient plus, sa capacité enfantine à ne pas prendre parti pour un côté était admirable.

Jong Jin-Woo remonta les fesses de l'enfant.

Il marcha un bon moment sous la pluie.

L'enfant dans son dos ne bougeait pas. Comme son dos commençait à bien chauffer, il lui sembla que l'enfant avait de la fièvre.

Jong Jin-Woo était heureux à l'idée que sa femme devait être rentrée à la maison après son voyage d'affaires. Elle devait être revenue de l'Institut agronomique et avoir déjà préparé le dîner. Quand elle était là, elle faisait toujours de son mieux pour dresser la table, et il allait être possible d'offrir quelque chose de spécial à cet enfant. Et puis, ensemble, ils allaient le laver à l'eau chaude, lui donner des médicaments, l'allonger sur le sol chaud, et ainsi chasser son début de grippe. Ensuite… peut-être téléphoner à l'usine pour rencontrer Ri Sok-Chun ?… Il était possible que Chai Soon-Hwi arrive la première dès qu'elle aurait été prévenue par la fille de la résidence.

Une fois parvenu à l'entrée de l'appartement, Jong Jin-Woo déposa Ho-Nam sur le sol.

Saisissant le poignet de l'enfant, il le fit monter avec lui, et dès qu'il fut devant la porte, son cœur se mit à battre. Parce que la porte était fermée. Il l'ouvrit après avoir pris la clé dans la boîte à journaux.

Une fois à l'intérieur, il n'y avait rien de l'odeur de sa femme ou de la nourriture, ou de la chaleur dans la cuisine qu'un mari sentait normalement. Son projet de tout de suite laver cet enfant à l'eau chaude et de lui faire prendre un bon repas échouait.

Jong Jin-Woo saisit un message de sa femme posé sur le bureau.

Désolée. Je pars en hâte pour l'Institut. Il y a un bus. On dit qu'il va faire froid après cette pluie, et que le givre va tomber sans prévenir. Il est probable qu'il neige. Je suis inquiète pour nos différents semis expérimentaux… Comprends-moi. Je n'ai même pas préparé le dîner.

Jong Jin-Woo se mit brusquement en colère. La compréhension remplace-t-elle les tâches d'une maîtresse de maison ?… Alors qu'il était complètement trempé, le mot qui sollicitait sa compréhension lui tapa sur les nerfs et le piqua au vif. Pendant plus de vingt ans de vie commune, les jours où il avait assumé à son corps défendant le rôle de sa femme quand celle-ci était prise par ses recherches lui revinrent d'un coup en tête. Des résultats peu convaincants, quelques réussites concrètes, la culture de légumes en montagne… Au seuil de la cinquantaine, jusqu'à quand devait-il continuer à porter le tablier de sa femme pour soutenir son travail de recherche ?

— Chez vous aussi, la maman rentre tard ?

Debout et perplexe à côté du range-chaussures, l'enfant avait brisé l'ennui du silence. Jong Jin-Woo se forgea sur-le-champ un visage aimable de maître de maison.

— La maman de cette maison est en voyage d'affaires. Mon petit invité, si tu as enlevé tes bottes, entre donc.

L'enfant fit quelques pas à l'intérieur en hésitant, et lorsqu'il vit les traces de ses pas désordonnés sur le sol propre, son visage rougit de honte.

Jong Jin-Woo sourit.

— C'est pas grave. Ne sois pas gêné, enlève tes vêtements mouillés. On va prendre une douche chaude ensemble.

Débarrassé de ses vêtements trempés, Jong Jin-Woo aida l'enfant à enlever les siens. Même ses sous-vêtements étaient mouillés. Jong Jin-Woo le lava doucement avec l'eau du chauffe-eau. Comme il n'avait qu'un seul fils, qui faisait son service militaire, il réalisa soudain qu'il n'avait pas de vêtements à donner à Ho-Nam, alors il le plaça sur le sol chaud et le recouvrit d'une couette.

Après avoir avalé des médicaments pour la grippe et bu de l'eau chaude en soufflant dessus, Ho-Nam s'endormit tout de suite.

Lorsque Jong Jin-Woo revint dans la chambre après avoir fait du riz, de grosses gouttes de sueur apparaissaient sur les joues et le front de l'enfant. Sa fièvre ne montait plus. Il semblait aller mieux.

Soulagé, Jong Jin-Woo descendit au bureau de la librairie au rez-de-chaussée pour téléphoner. Le chef d'atelier de l'usine de mécanique de Kangan lui dit que le tourneur Ri Sok-Chun n'était pas parti. Jong Jin-Woo lui donna son adresse et lui demanda de faire venir Ri.

Dehors il pleuvait des cordes.

Jong Jin-Woo remonta lentement l'escalier. Son cœur était lourd. Il devait maintenant s'occuper de la *serre à légumes* et faire la cuisine tout seul. Il lui fallait arroser les légumes, vérifier le taux d'humidité et la température. Il lui fallait noter minutieusement les changements dans le journal d'observation.

Chaque fois que sa femme était en voyage d'affaires, sur un terrain de l'Institut ou autre, ce travail lui incombait, lui qui restait à la maison, et c'était désormais devenu tout à fait routinier. C'était pour cela que sa femme n'avait pas évoqué la *serre à légumes*, mais son *Je suis désolée* et son *Comprends-moi* signifiaient justement cela. Même maintenant qu'il avait les cheveux blancs, c'était toujours la même demande.

Jong Jin-Woo ressentait encore la même colère que lorsqu'il était arrivé avec l'enfant, et son mécontentement envers sa femme croissait, mais il n'y avait rien à faire.

3

Le juge Jong Jin-Woo s'assit en face du tourneur Ri Sok-Chun qui était arrivé chez lui.

Ni grand ni petit, un visage naïf, mais dont émanait l'énergie d'une statue. Son regard était doux et docile. Quand sa main épaisse aux articulations durcies par le travail de l'acier caressa son enfant profondément endormi sous la couette, elle trembla légèrement. Le souffle du tourneur s'effondra dans la pièce.

— Camarade juge… après le divorce, que va-t-il se passer pour l'enfant ? La loi va le confier à sa mère, n'est-ce pas ?

— Il n'y a rien là-dessus dans la loi. Elle l'attribuera à celui qui sera capable de lui donner les meilleures conditions de vie dans l'avenir.

— Dans ce cas, je vous prie de me confier cet enfant. S'il vous plaît. Je m'occuperai bien de lui.

— Le donner à un père qui n'a même pas su s'occuper de sa famille ?…

— Eh bien… Oui, c'est vrai. Je n'ai rien à répondre à cela. Mais je vous le garantis pour cet enfant.

— Camarade Sok-Chun, calmez-vous. Nous ne sommes pas au tribunal. Calmez-vous et parlez-moi. Pourquoi vos rythmes de vie ne s'accordent-ils pas ?… Si possible, commencez par l'époque où vous aimiez votre femme.

Ri Sok-Chun eut un sourire amer, comme s'il avait remarqué que l'expression *rythme de vie* était sortie de la bouche de sa femme. Il porta avec embarras à sa bouche la cigarette que lui avait proposée Jong Jin-Woo et regarda son fils endormi. Les souvenirs vinrent assombrir profondément ses yeux naïfs et doux.

— Quand je l'ai rencontrée la première fois… j'étais au travail à l'usine des produits de consommation courante en métal de l'arrondissement de Chosan. C'était il y a dix ans. On était trois. Moi et deux monteurs… Notre mission était d'installer des tours, des fraiseuses et des meules cylindriques produits par notre usine et, si possible, avant de rentrer, de former des travailleurs.

… A la fin du mois, il y avait eu une réunion dans la salle de spectacle de l'usine pour féliciter les innovateurs, après avoir dressé le bilan semestriel.

Sok-Chun, en tant qu'invité venu de l'usine mécanique Kangan, avait été appelé à monter sur scène avec les deux autres monteurs. Parce que les modestes travailleurs de l'usine métallurgique voulaient avant tout remercier les révolutionnaires pour leur aide à la production dans leur usine.

Le visage de Sok-Chun avait pris la teinte d'un gâteau de sorgho aux haricots rouges et, l'air perplexe, il avait regardé en contrebas la salle où les applaudissements avaient éclaté. Son cœur, qui ne connaissait ni honneurs ni récompenses pour son travail ordinaire, ressentit à la fois inquiétude et joie. C'était comme si son cœur agité s'envolait, quittant son nid honnête et sincère. Il lui semblait que ses pieds n'étaient plus posés sur le sol en bois de la salle.

Trois jeunes filles se frayant un chemin parmi le public étaient en train de monter sur la scène avec des bouquets de fleurs.

La première, belle silhouette et front large, était Chai Soon-Hwi qui conduisait la presse à frottement. Le costume traditionnel de mousseline qui couvrait comme une brume le corps de cette jeune fille s'harmonisait magnifiquement avec son beau visage et son corps. Le bouquet de fleurs qu'elle portait semblait éclore sur son cœur.

Dès que Sok-Chun avait vu Soon-Hwi, il était devenu nerveux. Sa poitrine avait commencé à battre comme s'il avait commis une faute.

— Merde, pourquoi c'est cette fille qui porte le bouquet ?

Il avait essayé de ne pas la regarder.

Il n'avait pas beaucoup sympathisé avec elle, mais en un mois cette fille s'était installée sans cesse plus profondément dans son cœur. La première fois, lorsqu'il était arrivé au village en bus, il avait trouvé le chemin de l'usine grâce à Soon-Hwi, rencontrée par hasard dans la rue. Comme le chemin du chef-lieu d'arrondissement n'était ni large ni compliqué, il était facile d'indiquer la direction, mais cette jeune fille avait fait preuve de bienveillance, comme si elle représentait l'usine pour les accueillir. Puis le responsable de l'usine avait demandé à Soon-Hwi, qui n'était même pas adjointe de comptabilité, de les aider à s'installer à la pension de l'usine. Cette nuit-là, Sok-Chun ne s'était pas du tout senti dans un lieu inconnu et il avait dormi aussi bien dans le lit de la pension que chez lui. Lorsque le soleil matinal était apparu à la fenêtre, il s'était réveillé en pensant immédiatement à la jeune fille rencontrée la veille. Il ne savait pas pourquoi elle lui venait à l'esprit. Peut-être parce que c'était la première personne rencontrée dans cette ville étrangère… Sa voix claire et ses yeux grands et doux, son sourire aimable et franc, sa conduite polie et ses gestes énergiques avaient sans doute fait forte impression dans le cœur du jeune homme... Oui, il était tombé amoureux de sa beauté naturelle comme une fleur sauvage qui ne cesserait de croître avec le temps... Quand il s'était levé et avait ouvert la fenêtre, un beau rayon de soleil et l'air frais l'avaient embrassé. Assez près, on entendait le bruit de l'eau dans la vallée, comme une musique légère. Son cœur battait et il était heureux sans raison. La pureté de la nature, et aussi une foi dans sa vie et un espoir emplissaient fièrement son cœur. Il lui semblait que ces sentiments nouveaux et cette passion étaient apparus grâce à elle.

Sok-Chun, à l'usine, avait aperçu Soon-Hwi qui préparait son travail près de la presse. Dans son uniforme marron foncé, elle l'avait salué avec amabilité d'un "Vous avez bien dormi ?". C'étaient le même sourire, la même voix et le même visage que la veille. Sok-Chun était resté près de la presse sans raison, l'aidant à changer les outils sur la table de travail, l'interrogeant sur les capacités de sa machine. Ce comportement de sa part, qui le fit passer pour un jeune homme insipide, et faisait dire aux autres que c'était parce qu'il était intéressé par cette jeune fille, s'était reproduit tous les jours. Pendant qu'il installait l'équipement apporté de son usine, son regard se tournait souvent en direction de la presse.

Il était capable de distinguer le bruit de la machine de Soon-Hwi parmi des dizaines d'autres, il pouvait deviner en écoutant sa vibration régulière si elle était concentrée sur son travail, et il imaginait même les gouttes de sueur sur son front.

Un mois était passé comme le vent. Il était anxieux. Il avait profondément réfléchi à la façon de dévoiler son cœur à Soon-Hwi. Au bout d'un moment, il s'était décidé à écrire une petite lettre. Penché en avant, il avait écrit péniblement dans la chambre

commune de sa pension. Ecrit, effacé, jeté, réécrit.
Il avait rempli plusieurs pages jusque dans les profondeurs de la nuit, mais il n'avait pas réussi à rédiger la lettre qui lui plaisait. Sa lettre, remplie de fautes du début à la fin, qui exposait ses pensées cachées à son égard, n'était que la lettre d'amour tout à fait ordinaire d'un personnage de roman, sans aucune trace de son amour envers elle. Il n'avait pas cherché à écrire une lettre d'amour. Parce qu'il avait trouvé cela trop sentimental pour un homme. Mais après avoir compris que ce qu'il avait écrit au bout de toute une nuit n'était qu'une lettre d'amour, il s'était mis en colère et avait fini par abandonner. Le lendemain, il s'était gentiment adressé à un réparateur de l'équipe de Soon-Hwi. Disant qu'il avait à lui parler et qu'il fallait qu'elle le rejoigne le soir près de l'arbre, au bord de la rivière…

La nuit était vague. La lune n'avait pas paru depuis le début de la soirée et les étoiles brillaient faiblement entre les nuages noirs, avant de disparaître. Les nuages étaient bas et l'obscurité de plus en plus profonde. Il faisait une chaleur et une humidité étouffantes, sans le moindre souffle de vent. Cela faisait presque une heure qu'il attendait, le dos contre l'arbre au bord de la rivière. Soon-Hwi ne venait pas. La lumière brillait clairement de son appartement de type Songrim*, pas très loin de là. Elle dessinait vaguement la forme des arbres et des rochers sur la berge. Quelques garçons et filles étaient passés, mais Soon-Hwi n'était pas apparue. Des gouttes de pluie avaient commencé à tomber.

---

* Du nom d'une petite ville où Kim Il-Sung a donné la consigne de proposer des types de logements nouveaux : les appartements y sont en duplex dans des bâtiments à un étage. Certaines pièces sont donc en étage.

Puis de grosses gouttes avaient tambouriné sur les feuilles. Sok-Chun était devenu impatient. Et son inquiétude s'était transformée en sentiment de solitude. Des idées compliquées lui étaient venues. C'est peut-être à cause de la nuit qu'elle n'a pas pu venir ? Non, un garçon comme moi ne l'intéresse même pas… En se rappelant Soon-Hwi, toujours chaleureuse à son égard quand il la rencontrait près de la presse ou transportant des matériaux, sans savoir pourquoi, un sentiment d'humiliation s'était levé en lui.

La pluie s'était mise à tomber plus fortement. Il s'était collé à l'arbre pour l'éviter, mais c'était inutile puisque toutes les feuilles étaient détrempées. Il lui semblait que même la pluie avait voulu le retrouver sous l'arbre, pour le tremper et l'humilier. Comme cette fille ne s'intéressait pas à lui, la pluie voulait peut-être refroidir son cœur angoissé au point de lui faire passer la nuit éveillé dans l'angoisse. Le temps s'était écoulé. Les lumières des appartements de la pinède s'étaient éteintes une à une. Sok-Chun avait coupé des herbes innocentes, puis, tout à coup, il les avait jetées et avait quitté l'endroit. La pluie l'avait frappé sans pitié. Les herbes épaisses du bord de la rivière avaient trempé ses chaussures et ses jambes de pantalon en s'enroulant autour de ses chevilles. Chancelant comme s'il avait bu, il était brusquement tombé à cause d'un piège laissé par un enfant espiègle. Ses genoux de pantalon si bien plissés s'étaient couverts de boue et ses mains aussi. Il avait brutalement arraché une touffe d'herbes pour se frotter les mains. Ses paumes étaient brûlantes et douloureuses. Comme si elles avaient été blessées par une branche d'armoise.

Soudain, il avait entendu des pas dynamiques au bout du chemin. Ils s'étaient arrêtés tout près brusquement. Sok-Chun avait levé la tête. Une femme

portant un parapluie était debout, adossée à la lumière vague d'un appartement au loin. Il y avait un autre parapluie dans son autre main. Attiré, Sok-Chun s'était approché. Cette femme n'avait pas été surprise et n'avait pas reculé. Il avait vu le visage de Chai Soon-Hwi dans l'ombre du parapluie.

Les cheveux de Soon-Hwi étaient légèrement décoiffés par le vent pluvieux, mais cela s'harmonisait parfaitement avec son visage froid mais sérieux.

— Ça fait longtemps… que vous attendez ?

Un regret faisait trembler légèrement sa voix.

Le percevant, Sok-Chun avait demandé d'un ton désagréable :

— Vous n'aviez pas l'intention de venir ?

— …

Soon-Hwi, sans rien dire, lui avait tendu silencieusement le parapluie.

Il était resté debout comme un piquet sans chercher à le prendre. Il s'était dit qu'elle avait apporté le parapluie par pitié, en pensant qu'il attendait sous la pluie près de la rivière. Son amour-propre ayant été recouvert de désespoir et de culpabilité, son regret et sa colère s'étaient dressés comme une cheminée. Quel homme pitoyable je suis !… Contenant difficilement sa rancune, il avait fait quelques pas vers Soon-Hwi.

— Prenez le parapluie… Vous êtes mouillé…

— Je suis déjà mouillé. Prenez-le plutôt pour vous, camarade…

C'était une réponse stupide. Il avait ri jaune en pensant qu'elle n'avait pas besoin des deux. Et puis si elle était venue en portant les parapluies par gentillesse et non par pitié, il s'était dit que sa réaction pouvait être insultante à son égard. Mais il avait continué à marcher sans ralentir son pas. Il n'y avait pas eu de bruit de pas derrière lui. Il semblait que Soon-Hwi restait sur place. Il n'avait pas tourné la tête. Il voulait se retourner, mais il avait marché vers la pension de l'usine en fustigeant la faiblesse de son cœur. La pluie qui tombait sans arrêt, les rues du village de montagne dans l'obscurité, le chemin boueux… Le silence du village, hormis le bruit de la pluie, provoquait un triste sentiment de vide tourbillonnant. Le lendemain matin, à son arrivée en bus, un beau soleil s'était levé, l'air était frais, la montagne et la rivière bleues tout autour… Le même endroit était vraiment agréable, mais, à cet instant, il ne s'y intéressait pas. Il regrettait franchement d'y être venu travailler. Je rentre dès demain une fois mon travail terminé… Il s'était décidé en hâte et avait fait un bilan de ses sentiments tourbillonnants en marchant…

Cette fille sur laquelle il avait fait une croix dans son cœur était maintenant en train de monter sur scène avec un bouquet de fleurs. Il avait refusé de la regarder, fixant calmement les gens en bas. Pourtant, il n'avait pu calmer son cœur et tous ses nerfs étaient dirigés vers Soon-Hwi. Inquiet sans raison, le cœur battant, il était agité comme s'il avait commis un crime. Il avait compris qu'il n'avait pas oublié Soon-Hwi et regrettait son sentiment stupide et maladroit. Que dois-je regretter et de quoi dois-je me culpabiliser ?… Vêtue d'un costume traditionnel qui couvrait sa silhouette comme un brouillard, qu'est-ce qui en elle avait fait lever une vague dans son cœur depuis l'instant où il l'avait vue portant son bouquet de fleurs ?… La voie sinueuse des décisions de la conscience ne pouvait ni le retenir ni le guider. Maintenant, ce tourbillon se brisait comme l'écume. Dans son cœur, un sentiment de manque se mit silencieusement en branle. Il voulait implorer son pardon à propos de la veille.

Soon-Hwi s'était approchée. Elle s'était dirigée directement vers Sok-Chun qui était le troisième.

— Vraiment... merci de vous être donné tant de peine.

Elle le regardait avec un sourire ordinaire, comme si rien ne s'était passé. Elle lui avait remis son bouquet à deux mains*. C'étaient des fleurs, pas un parapluie. Leur parfum frais l'avait enivré. Sok-Chun était perdu devant la voix charmante et le regard amical de cette jeune fille.

Après la réunion de remerciement, le groupe artistique de l'usine avait donné un spectacle. C'étaient des numéros modestes et vivants. Lorsque Soon-Hwi s'était présentée accompagnée d'un accordéoniste, les employés avaient vivement applaudi. Les cœurs amoureux de la chanteuse de leur usine avaient débordé bruyamment. Soon-Hwi avait chanté d'une voix lyriquement riche, les mains sur la poitrine. Elle avait laissé transparaître son profond tempérament et son talent de contralto...

Sok-Chun avait compris brusquement qu'il était bien trop petit pour elle. Il n'y avait pas de raison qu'une si belle fille puisse l'aimer, lui avec ce visage si grossier. Il s'était senti mal en pensant qu'il avait consumé son cœur en vain. Il avait eu l'impression que toute son énergie avait quitté son corps.

Pendant que Soon-Hwi entraînait les spectateurs dans le monde ardent des sons, Sok-Chun était ailleurs, de plus en plus triste et sombre. Il avait compris que sa décision prise froidement la veille au soir sous la pluie en rentrant dans sa pension était correcte et qu'il devait s'y conformer exactement. Même si le canard s'amuse avec le cygne dans le même lac, le cygne, malgré le vœu du canard,

---

* Geste de politesse en Corée.

ne voudra jamais de sa compagnie. Il n'avait pas pu écouter la chanson jusqu'à la fin, il s'était levé et il s'était échappé, courbé, entre les chaises.

C'était une nuit de lune claire. Traversant la grande cour de la salle commune, il s'était dirigé vers un petit parc. Il y avait beaucoup d'arbres. Il faisait très sombre en dessous. Il s'était effondré sur un rocher. Il avait chauffé pendant la journée, n'avait pas refroidi et restait chaud comme un sol chauffant*. Il s'était assis distraitement, sans entrain, tel un homme dégoûté de la vie. Une colère contre lui-même s'était levée sans raison. Pourquoi ai-je de l'affection pour elle, pourtant inaccessible, et pourquoi ai-je cherché à souffrir ?... Il était incapable de formuler une idée logique et utile susceptible de le libérer comme la veille. Comme il avait compris que son sentiment complexe était de l'amour, et qu'il avait eu conscience de l'échec total de cet amour, il avait perdu toute force. Il lui semblait ne plus avoir la volonté ni la force de contrôler ses sentiments et ses décisions. Il avait voulu partir dès le lendemain en demandant à ses deux collègues monteurs de finir le travail. Il lui semblait que les problèmes prendraient fin dès qu'il serait parti. Lorsqu'il retrouverait son usine, ses collègues de travail habituels, il pensait qu'il oublierait tout… cette fille, l'amour, le désespoir, l'inquiétude aussi. Son travail habituel sur le tour, l'odeur du métal, l'essieu brûlant immédiatement poli… Seules les blagues des gens de l'usine et la saine vie ouvrière pourraient ranimer son cœur, rendre l'énergie à son corps et ses désirs créatifs. Brusquement, sa ville, son usine, son lieu de travail et ses collègues lui avaient manqué.

* *Kudŭl*, système de chauffage par le sol, hypocauste. Le pléonasme de traduction était inévitable.

Il avait entendu la porte de la salle commune s'ouvrir largement et le flot des gens s'écouler. Les bruits des rires, des voix hautes, des petites toux, des appels, de l'inquiétude pour les enfants… des bruits incertains s'évanouissaient dans l'air. Il semblait que l'humeur des gens satisfaits par le spectacle modeste du groupe artistique de l'usine était contenue dans ces bruits mêlés. Ils rentraient chez eux en passant devant la cour de la salle commune et se dispersant sur les chemins autour du petit parc. Des lueurs de lampes électriques et de cigarettes s'étaient allumées ici et là. Il avait entendu un garçon faire une farce à une fille, puis leur rire en disparaissant dans l'obscurité comme dans un brouillard nocturne. Le calme revint peu à peu. Un bruit de pas dans la cour s'était approché du siège de pierre.

Peut-être quelqu'un qui sortait en retard après s'être endormi… Pourquoi vient-il par ici au lieu d'emprunter un des chemins ?… Il s'approche en hésitant. Puis il s'arrête juste derrière. Un long silence… Puis, après ce silence, il avait entendu la voix basse d'une femme.

— Camarade Sok-Chun…

— ?!…

En entendant la voix douce de Soon-Hwi, il s'était levé du rocher, tremblant comme s'il avait été touché par une décharge électrique. Les yeux de Sok-Chun, dans lesquels se reflétait la lune, brûlaient. Il s'était inopinément dressé face à elle, embrassant désir extrême et excitation pour régénérer toutes les choses de la vie. Au moment où les paroles ardentes de leurs regards s'étaient croisées… Dans ces moments-là, les yeux parlent plus que les paroles et révèlent un sentiment qui ne peut être exprimé. Sok-Chun s'était levé, poussé par l'ardeur de son désir, mais il ne comprenait ni

Soon-Hwi ni lui-même. Il avait simplement oublié ce à quoi il avait réfléchi, ce qu'il avait décidé, ce qu'il avait ressenti jusqu'à ce moment, et sans savoir pourquoi il voulait accepter à nouveau cette fille qui était à l'origine de tout, dans son cœur.

— Pourquoi restez-vous là ?

— …

— J'ai remarqué que le camarade Sok-Chun est sorti au milieu du spectacle.

— !…

Elle a vu que je sortais pendant qu'elle chantait !… Et elle m'a retrouvé dans la pénombre des arbres dans le petit parc !… Il ressentit très fortement l'intérêt de cette jeune femme. Ce n'était pas une simple pitié, ni de la compassion. Mais il ne pouvait se débarrasser d'un doute à propos de la profondeur de l'attention de cette fille. Pas de l'amour, de la sincérité, mais une sorte de politesse, de curiosité, peut-être…

— Vous ne voulez pas venir avec moi ? demanda Soon-Hwi d'une petite voix.

Sok-Chun se mit à marcher au lieu de répondre. Ils marchèrent en silence dans l'allée du parc. Les rues nocturnes du chef-lieu étaient agréables. Un vent chaud soufflait. Des lampadaires, tels des kakis, étaient accrochés de loin en loin entre les branches des arbres qui s'agitaient.

— Comment se fait-il que vous m'ayez cherché ?

Contrôlant son excitation, il l'avait interrogée d'une voix rude. Il souhaitait montrer un visage aussi calme que possible, sans révéler ses sautes d'humeur, et il voulait aussi ne perdre ni son amour-propre ni sa personnalité.

Soon-Hwi examina attentivement le visage de Sok-Chun, comme pour lire au fond de son cœur. Les yeux de cette fille brillaient remarquablement sous la lune.

— Juste… j'avais envie de vous rencontrer…
Alors je vous ai cherché.
— …

Un bon moment passa. On entendait le bruit
des insectes volant autour des lampadaires.

— Hier soir… Pardonnez-moi ma frivolité.
— Moi aussi… Mais il est inutile de revenir sur
ce sujet, non ?
— !…

Le caractère compréhensif de Soon-Hwi lui plaisait vraiment. Non seulement pour sa féminité,
mais aussi pour ses chansons qu'amplifiait un sentiment doux.

— Je finis l'installation des machines demain
ou après-demain… puis je rentre.
— Pourquoi ?!

Etonnée, Soon-Hwi s'arrêta.

— Ici… je suis mal à l'aise… Qu'est-ce que je
peux y faire de plus ?
— On m'a dit que vous alliez enseigner des
techniques aux gens de l'usine, non ?
— C'était le projet au début.
— Dans ce cas, il faut que vous le fassiez. C'est
le devoir d'une grande usine que d'aider une petite usine de région. Même si la nôtre ne vous plaî
pas.
— !…
— Camarade Sok-Chun, vous ne voulez pas
m'apprendre à travailler sur le tour ?

Sok-Chun la regarda avec de grands yeux.

— Camarade Soon-Hwi, vous êtes conductrice
de presse.
— Actionner la presse… c'est trop simple.

Sok-Chun était heureux en secret de trouver une
raison de rester, mais il n'en montra rien.

— Camarade Soon-Hwi… je pense que vous
chantez bien.

— Oh… C'est un peu tardif comme applaudissements. Tout à l'heure, vous êtes parti sans avoir écouté.

— C'est à cause de l'émotion provoquée par votre chanson.

— Mensonge…

Les sentiments ouverts et affectueux de Soon-Hwi enveloppèrent Sok-Chun comme la lueur de la lune. Sok-Chun cessa de marcher et se tourna vers Soon-Hwi. Les épaules rebondies de Soon-Hwi heurtèrent sa poitrine. Il frissonna brusquement comme s'il avait pris froid. Tout le sang de son corps semblait lentement cesser de tourner.

D'étonnement, Soon-Hwi recula d'un demi-pas.

Sok-Chun regarda ses joues rouges sous la lune, ses lèvres claires, et les pupilles de Soon-Hwi, qui avait pris peur, sous ses cils qu'on aurait pu compter. Il sentit que sa poitrine tendue sous la belle ligne de ses épaules battait intensément.

A l'instant, mû par un désir inconnu, il saisit la main de Soon-Hwi qui était en train de caresser un pan de sa robe. Elle était petite, solide et chaude. Elle, qui semblait inquiète, la retint avec hésitation.

— Camarade Soon-Hwi… Camarade… Vraiment, je…

Son chuchotement impatient, chargé d'un souffle chaud, recouvrit le visage de la jeune fille. Elle tourna la tête en lui laissant sa main.

— Hein, répondez-moi, s'il vous plaît.

Le souffle rude de Sok-Chun s'accéléra.

— Ne faites pas cela… chuchota Soon-Hwi avec angoisse.

Elle retira sa main de celle de Sok-Chun, et repoussa sa poitrine. Tel un rocher, il ne bougea même pas et demanda à nouveau d'une voix forte :

— Vous m'aimez ?

— Oh… Quelqu'un pourrait entendre.

Elle le repoussa plus fort encore.

— S'il vous plaît. Juste un mot…

— On se voit aussi demain, non ? Tout ira bien.

Elle recula. Ses yeux étaient joyeux sous la clarté de la lune, indifférents au cœur consumé de Sok-Chun. Ce sourire heureux qu'elle lui envoyait pouvait un peu le consoler.

— Je ne peux pas vous raccompagner jusque chez vous ?

— Ça va. On est presque arrivés.

— …

— Rentrez vite. Vos camarades de chambre vous attendent.

Soon-Hwi disparut précipitamment sous la lune vague.

… Après tout cela, Sok-Chun ne put s'en aller. Prolongeant son séjour d'environ dix jours, même après le départ des deux monteurs venus avec lui, il donna un cours à Soon-Hwi et aux autres tourneurs sur les capacités de la machine.

La dernière nuit avant leur séparation, un croissant de lune se leva.

Ils se rencontrèrent au bord de la rivière, là où il y avait des saules et des cailloux.

Sous la lune, le brouillard vif-argent affluait lentement de la montagne. Les arbres agitaient leurs feuilles au bord de la rivière comme s'ils étaient vivants. De gros rochers, dispersés de loin en loin au bord de la rivière, montraient d'étranges formes sous la lune. Deux rochers, face à face, semblaient venir au bord de cette rivière débordante de sentiments comme eux en chuchotant des mots d'amour.

Le ruisseau qui avait dévalé et nettoyé le sol inégal de la vallée soufflait tant d'énergie dans le silence de la nuit. C'était un bruit éternel qui ne connaissait pas la fatigue.

Un oiseau pleurait dans la montagne en face du fleuve. Selon une légende très ancienne, une pauvre mère fut transformée en oiseau après sa mort parce qu'elle ne pouvait oublier ses pauvres enfants qui n'avaient plus de famille dans la chaumière, mais le chant triste de cet oiseau procura un sentiment affectueux et mystérieux aux deux amoureux.

Sok-Chun, assis les jambes pendantes sur le rocher et serrant une guitare, jouait une mélodie.

En général, les jeunes veulent se montrer sous leur meilleur aspect devant les femmes qu'ils aiment et aussi manifester fièrement leurs qualités supérieures et leurs talents. Ce n'est ni léger ni stupide. C'est le sentiment vrai de la naïveté amoureuse.

Sok-Chun qui savait jouer de la guitare en avait emprunté une à un jeune de sa chambrée pour cette soirée. Il voulait jouer une mélodie, non pas faire étalage de son talent, et montrer son amour profond des émotions musicales devant Soon-Hwi qui avait un talent délicat. Pourtant sa guitare ne suivit pas bien son cœur. Il fit des fautes à cause de ses doigts maladroits et même souvent des bruits bizarres.

Sok-Chun, au bout d'un moment, laissa tomber la guitare avec un profond soupir. La guitare fit un bruit creux en touchant les cailloux.

Soon-Hwi le consola doucement.

— C'est à cause des bruits de la rivière. Il vaut mieux jouer de la guitare dans la chambre.

— !...

Sok-Chun lui en fut reconnaissant. Il pensa que ce genre d'attention de la part de Soon-Hwi était la preuve d'un amour véritable. Mouiller ses vêtements dans la rosée, marcher sur un chemin la nuit, étudier les capacités du tour côte à côte... Comment aurait-il pu supporter cela pendant dix jours sans amour en sentant l'odeur de cette fille comme s'il goûtait une pomme fraîche ?... Il l'aimait et elle aussi. Il l'observa d'un regard passionné.

Soon-Hwi, intimidée, tripotait le col en ruban de sa robe bien plissée sur la poitrine. Ce soir, elle était spécialement belle.

Le ruisseau s'écoulait sans cesse, exhalant une odeur fétide d'eau froide. L'écume tourbillonnante et l'eau brillaient sous la lune. Les vaguelettes, telles des écailles d'énormes poissons, perdaient les émanations de lumière comme la vie en frappant la rive et passaient en silence. Encore et encore sans fin d'autres éclats d'eau dorée renaissaient.

— Camarade Soon-Hwi… le ruisseau… a l'air vivant. On dirait qu'il a plusieurs milliers de voix.

— Depuis que je suis petite… depuis que j'ai plongé mes petites mains dans cette eau froide, j'aime ces bruits.

— Ce serait bien si j'arrivais à rendre ce bruit avec la guitare. Cette riche mélodie exactement…

— Essayez. Vous pouvez y arriver.

— Non, pas moi… je n'ai aucun talent à la guitare.

Sok-Chun regardait simplement la rivière.

— Malgré tout… j'ai une vie aussi importante que la musique…

Sok-Chun, levant la tête comme s'il était sûr de lui-même, continua.

— La vie de tourneur… c'est tout mon mérite, et la mélodie intangible comme la rivière s'y trouve aussi. Camarade… vous me croyez ?

— Je vous crois…

— Soon-Hwi… vous avez envie de marcher sur ce genre de chemin avec moi ?

— Oui… J'ai envie…

Soon-Hwi hocha doucement la tête. C'était une réponse sérieuse qu'elle semblait avoir gardée dans son cœur.

Sok-Chun se leva, enivré par le bonheur.

— Merci !

Il regarda le visage de Soon-Hwi en lui saisissant fortement les épaules. Le croissant de lune n'éclairait pas nettement les yeux de cette jeune femme. Mais il vit que ses pupilles n'avaient pas peur, contrairement à l'autre soir. Dans l'obscurité, ses yeux, comme des étoiles au fond du ciel, brillèrent doucement, prononçant une promesse silencieuse pour l'avenir…

— Et nous nous sommes mariés deux mois plus tard.

Le tourneur Ri Sok-Chun inspira une bouffée de cigarette, mais elle s'était éteinte depuis longtemps.

Le juge Jong Jin-Woo gratta une allumette. L'histoire de Sok-Chun depuis le printemps de sa vie quand bourgeonnait l'amour était longue, pourtant elle l'avait intéressé et elle avait soulevé des points utiles. Jong Jin-Woo, même s'il s'agissait d'une histoire ancienne qu'il ne noterait pas dans le formulaire de consultation juridique ou sur le procès-verbal de divorce, jugea qu'il était nécessaire de l'écouter pour comprendre et résoudre ce problème familial, grâce à la vie quotidienne de ce couple, ses sentiments, ses actions, ses opinions.

La douleur semblait faire fumer davantage le tourneur Ri Sok-Chun. Jusqu'à ce que le mégot pique le bout de ses doigts, et il l'écrasa dans le cendrier.

— Notre vie de couple s'est déroulée dans le bonheur comme les autres…

… La vie de Sok-Chun était comme sur un nuage. Il avait trouvé une maison et y avait amené sa femme. Sa fierté envers sa femme était très grande. Il l'avait fait travailler comme tourneuse à l'atelier de façonnage, et elle était réputée pour sa valeur à l'usine de Kangan qui employait plusieurs milliers de travailleurs.

Soon-Hwi avait été admise au groupe artistique de l'usine. Lorsqu'elle travaillait la nuit sur le tour, après en avoir terminé avec les répétitions et les spectacles, les autres tourneurs lui disaient d'arrêter parce qu'elle devait être fatiguée. Ils plaisantaient en disant qu'il valait mieux chanter sans travailler, car elle était la fierté de leur atelier.

Les jours et la vie s'écoulèrent comme l'eau.

Après deux années de mariage, ils eurent un fils.

Un soir, sa femme était rentrée à la maison, silencieuse, l'air triste. Le couple avait calmement dîné, face à face. Sok-Chun n'avait pu interroger directement sa femme même en remarquant la lourdeur de l'atmosphère. Avec son expérience de la vie commune, il savait qu'elle était très indépendante en esprit et dans la vie. Il était très rare qu'elle raconte ses soucis ou qu'elle lui demande de l'aider. Il ne savait pas pourquoi, mais depuis quelques mois, le silence entre eux était devenu aussi fréquent que le manque d'échange. Il ne connaissait pas la cause du changement d'humeur de sa femme. Pendant ce temps-là, les actes d'amour de sa femme, comme laver chaque jour son bleu de travail, ses sous-vêtements, repasser ses pantalons ou nouer sa cravate, n'avaient pas changé. Comment peut-on dire que ce genre de geste ne relevait que de son devoir de femme. Elle était plongée dans le désir secret de montrer que son mari était meilleur que les autres.

Après le dîner, Soon-Hwi lut une nouvelle partition après avoir couché le petit Ho-Nam.

Sok-Chun alla s'asseoir au bureau de la chambre du fond en laissant la porte ouverte. Il étudia attentivement un plan misérable. C'était plutôt un plan de machine mal dessinée à la main qu'un vrai plan. Même les ingénieurs de la section technique ne comprenaient pas ses plans. Les lignes, les sections et les principes de géométrie nécessaires à un plan avaient été omis, mais Sok-Chun le savait.

— Je, s'il vous plaît...

Soon-Hwi rompit le silence. Elle défit ses cheveux qui coulèrent sur ses épaules et s'enroula dans la couette. Il n'y avait que le tic-tac de l'horloge sur le mur.

— ... Parlez.

Sok-Chun leva la tête du plan.

— Je... Est-ce que ce n'est un peu étrange que des conjoints travaillent tous les deux sur un tour ?

— Quelqu'un vous a dit quelque chose ?

— Non, c'est juste mon opinion.

— ?...

Sok-Chun comprit que les paroles de sa femme avaient mûri depuis longtemps. Quelque chose l'inquiéta.

— Parlez-moi franchement.

— Moi... j'aimerais... arrêter le travail sur le tour.

— C'est trop pénible ?

— Un peu... mais je veux être chanteuse.

— Vous chantez au groupe artistique de l'usine, non ?

Sok-Chun comprit que ses paroles étaient maladroites. Sa femme voulait être chanteuse professionnelle. Cette nuit-là, il ne dormit pas bien. Il était anxieux et il s'inquiétait pour sa femme. Vraiment, est-ce que je me suis soucié des désirs de ma femme, elle qui s'inquiète de travailler en alternance avec des hommes sur le tour sans rien dire ? Je n'ai jamais réellement pris en compte sa volonté, je n'ai vécu qu'avec de la fierté pour elle qui chantait si bien au comité artistique... chanteuse... la salle de concert... c'est un métier formidable... mais on ne peut pas réaliser tous ses désirs...

Contre toute attente, Sok-Chun n'eut pas besoin de se soucier du problème professionnel de sa femme. L'usine la recommanda au groupe artistique régional, car elle reconnaissait son talent musical.

Sok-Chun était vraiment heureux. La fierté et la joie lui venaient lorsqu'il pensait que sa femme allait devenir chanteuse au groupe régional et qu'il pourrait retrouver une vie de famille chaleureuse comme lors de leurs premières années de mariage.

Dès que Soon-Hwi entra au groupe artistique, elle redevint douce et son visage arbora toujours un sourire. Quand elle rentrait à la maison après le travail, elle posait des questions à son mari, contrairement à son habitude. Ses progrès furent rapides. Son talent naturel, son objectif de devenir chanteuse et ses efforts acharnés dans cette direction lui réussirent. En un an à peine, elle devint une contralto appréciée dans cette région de montagne.

Quand Sok-Chun rentrait du bureau, il allait chercher son fils à la crèche, il préparait le dîner, et il attendait sa femme qui rentrait tard à cause des spectacles. Au début, elle en fut très heureuse et reconnaissante, mais, avec l'habitude, cette situation devint tout à fait normale pour elle, et elle n'exprima plus d'émotion. La vie quotidienne était redevenue comme autrefois, comme si elle avait fait le tour d'une spirale.

Sok-Chun supporta avec inquiétude le changement de sa femme, devenue silencieuse et très indépendante par orgueil. Tout cela semblait s'appuyer sur un mécontentement infondé à l'égard de son mari et aussi une sorte de sentiment de néant. Sa femme ne semblait pas satisfaite par sa vie privée et une partie seulement de son espace spirituel était correctement immergée dans le ménage.

Plus Sok-Chun eut envie de retrouver l'amour du début entre conjoints, plus il se consacra au ménage et à ses devoirs de chef de famille.

Ce jour-là aussi, Sok-Chun s'était parfaitement occupé de la maison et il était en train de jouer avec son fils.

Sa femme, une fois le seuil franchi, était sombre et son regard était froid. Sans la conversation avec son fils, l'atmosphère aurait été froide comme de la glace. Elle dit brutalement à son mari, en jetant un coup d'œil sur la table qu'il avait préparée :

— Je ne suis pas satisfaite de tout ça.

— Vous êtes fatiguée… Vous n'aimez pas que je vous aide ?

Sok-Chun dressa les sourcils.

— Ecoutez. Ça me va tout à fait si vous ne faites pas le dîner. C'est un travail pour femme et je vais le faire malgré ma fatigue. Ce n'est vraiment pas grave si on dîne un peu tard. Vous… étudiez, sans vous occuper d'affaires minables le soir. Etudiez.

— Encore cette chanson ?

— Allez plutôt à l'institut de formation continue de l'usine.

— Ça ne vaut pas la peine de souffrir tous les soirs pendant cinq ans pour un simple titre.

— Ce n'est pas pour cela. C'est pour la valeur et pour le savoir. Ça peut vous aider, même pour créer la machine sur laquelle vous peinez depuis des années.

— Ne me méprisez pas, même si j'ai passé beaucoup de temps sans rien faire. Vous avez oublié que votre mari est un tourneur de haut niveau. Vous pourriez être fière que je sois enregistré comme technicien… On n'est pas obligé d'avoir un diplôme… Aller à l'usine, faire fonctionner le tour, créer une machine… j'aime bien ma vie qui me fait vivre normalement dans notre société.

— Vous m'avez dit au moment de notre mariage que vous vouliez être utile à la société comme tourneur.

— Tout à fait. Et vous étiez d'accord… Pourquoi changez-vous maintenant… ?

— …

Elle tourna la tête, sans doute parce qu'elle n'avait pas d'argument. La colère les empêcha tous deux de dîner.

Sok-Chun essaya de trouver l'origine de ce sentiment de désaccord en lui-même, mais en vain. Il ne pouvait nier qu'il travaillait bien à l'usine, qu'il était fidèle à la vie de famille et qu'il offrait un sentiment véritable à sa femme. Il se sentait vide comme si une chose importante s'était effondrée dans son cœur, et un sentiment de répulsion se leva. Comme si quelque chose était arrivé depuis un certain temps dans sa vie d'artiste et dans son amour-propre féminin, la vanité de sa femme dans son travail semblait la recouvrir comme ses splendides costumes de scène.

Sok-Chun n'éprouvait pas le besoin de réfléchir sur lui-même, de changer de situation et de comportement pour la satisfaire. Je vais vivre à ma façon, et elle aussi. Son amour-propre blessé ne pourra pas guérir.

Soon-Hwi retint de plus en plus ses gestes d'affection envers son mari. Elle lava de moins en moins le bleu de travail de son mari, retoucha moins sa chemise, plia rarement ses pantalons comme une lame de couteau, et certaines habitudes furent complètement oubliées. Il sentit de plus en plus la froideur de sa femme, derrière la vie quotidienne. Mais il s'en moquait. Il aimait vivre ordinairement. Comme il travaillait sur un tour à l'usine, il n'avait pas besoin de s'habiller comme pour paraître sur une scène. Sok-Chun cessa de faire la cuisine après le travail. Après le travail, il joua aux échecs dans la salle de repos ou s'occupa de la machine qu'il préparait. En apparence, leur vie semblait sur ses rails.

Un jour, Soon-Hwi, de retour à la maison, était en train de laver le bleu de travail taché d'huile.

Sok-Chun, qui notait sur un plan dans la chambre du fond les idées auxquelles il avait pensé pendant la journée, jeta un coup d'œil sur sa femme. Sa main qui frottait le bleu rugueux avec un savon en faisant gicler l'eau semblait un peu brutale. Comme elle n'avait pas écouté quand Ho-Nam avait joué à l'enfant gâté, Sok-Chun avait tout de suite compris qu'elle n'allait pas bien. Après un bon moment, Soon-Hwi laissa tomber ses mains mousseuses sur ses genoux et demanda :

— Père de Ho-Nam… ça va être encore long pour réaliser la machine de façonnage ?

— Je pense que ça ne va pas tarder.

— C'est toujours la même réponse. Vous m'avez répondu ça il y a deux mois, et l'année dernière aussi.

— Ça a bien avancé depuis. Maintenant, j'en suis vraiment sûr.

— Autrefois, vous avez gaspillé des métaux d'alliage, et cette fois vous n'allez pas carboniser un moteur électrique ?

— Parce que j'ai payé un dédommagement, c'est ça ?

— En fait, le bureau des matériaux voulait en reparler, et c'est vous qui avez insisté, pas vrai ?

— Il est normal de dédommager, quand on utilise mal les biens nationaux.

— La dignité est plus importante que l'argent. J'ai honte d'entendre dire que je suis la femme de quelqu'un qui ne travaille pas correctement et qui rembourse tout le temps.

— !…

La sensation d'avoir été insulté ravagea le corps tout entier de Sok-Chun comme un courant électrique. Il retint difficilement sa colère et garda le silence. Si le litige devait continuer un peu, le poing pourrait sortir.

Soon-Hwi resta calme, car elle sentait aussi l'ambiance explosive de la pièce. Mais il semblait qu'elle ne voulait plus retenir la colère qui s'accumulait. Soon-Hwi versa brusquement la cuvette d'eau savonneuse dans l'évier et elle décocha :

— Si vous continuez à travailler comme ça... il vaudrait mieux tout arrêter, l'invention, le tour.

— Pour moi, le travail de tourneur est facile.

Soon-Hwi répliqua d'une voix basse :

— Vraiment, c'est agaçant ! Aucun désir d'aller à l'université... L'invention n'en finira jamais... L'année dernière, vous avez refusé d'être promu cadre de l'usine... Je ne sais pas. Dites-moi ce que vous souhaitez.

— N'essayez pas de détruire la volonté de ma vie qui est de travailler comme tourneur pour cette société. Vous ne le saviez pas quand vous vous êtes mariée avec moi ?

— Le passé n'a rien à voir là-dedans. La vie concerne le présent et l'avenir.

— ...

— En tout cas, il faut absolument trouver une solution. Nous avons besoin d'un changement. Je ne peux plus vivre cette vie monotone et ennuyeuse, sans perspective. Réfléchissez intelligemment. Si votre vie change, notre vie changera et la glace pourra fondre.

— C'est vraiment ce que vous pensez ?

— Essayez de comprendre que c'est l'enclos érigé par vous-même tout autour qui contraint toute la famille.

— Nous sommes donc devant une contradiction insoluble.

La dispute s'acheva dans le silence.

Leur vie, heureuse aux yeux des autres, s'écoula ainsi. La vie d'usine, réussie et laborieuse, la continuation de la vie de chanteuse, ils oublièrent parfois leur famille, et les jours passèrent en paix, sans dispute ni guerre des nerfs. Mais il y avait toujours des braises dans la cendre.

Le jour de l'anniversaire de leur fils.

Lorsque Sok-Chun rentra avec un jeune apprenti et un ancien tourneur devenu responsable de l'équipement à l'usine, un collègue et deux camarades artistes de sa femme étaient à la maison.

Sa femme était en train de faire cuire un ragoût et griller des aliments dans la cuisine. Après une longue absence, des rires et des histoires drôles fleurirent dans la maison. Et une table abondante fut dressée. Un alcool de belle couleur coula dans les verres et la mousse froide de la bière déborda. Tout le monde but en souhaitant à Ho-Nam, futur chef de famille, de devenir un bon travailleur de la nation, tout en grandissant en bonne santé. L'ancien tourneur proposa à Sok-Chun de chanter à la guitare.

Sok-Chun prit la guitare au mur et s'assit près du bureau dans un coin de la pièce. Embrassant la guitare sur ses genoux, comme si c'était son amour, il pinça les cordes avec assurance, de sa main rugueuse. C'était un son rond et pas très raffiné, mais propre à émouvoir le cœur qui conduisait au bord du fleuve où l'eau s'écoulait avec force. Même en chantant faux de temps en temps, son interprétation n'était pas si mauvaise.

Soon-Hwi jeta un œil mécontent à son mari et elle tira brusquement :

— Arrêtez. Vous pensez que cette chanson démodée convient à l'ambiance ? Et vos talents de guitariste…

L'ancien tourneur qui appréciait protesta dignement.

— Qu'est-ce qui vous prend ?… Joue encore une chanson.

— Passez ma guitare à ce camarade. *Abai*, il est guitariste au groupe artistique.

Soon-Hwi la présenta sans gêne.

L'ancien tourneur observa le chanteur d'âge moyen, assis en face de lui, cheveux gominés et cravate écarlate correctement nouée. Le mécontentement passa rapidement sur son visage ridé, et il dit, avec un air tolérant, à la façon d'une personne âgée :

— J'irai écouter votre interprétation au concert la prochaine fois. Ça ne vous gêne pas ?

— Vous avez raison. Il vaut mieux que ce soit le chef de famille qui joue.

Un sourire embarrassé apparut sur le visage rougi par la bière du guitariste, gêné par l'atmosphère étrange de la pièce.

Abai se tourna vers Sok-Chun et lui dit, pour lui remonter le moral :

— Allez, Sok-Chun, joue. Qu'est-ce que c'était… cette chanson que vous avez chantée à votre mariage ?… Ça, alors je m'en souviens pas, c'était une bonne chanson… Oui, la mère de Ho-Nam la connaît. Ce jour-là, elle l'a chantée, accompagnée à la guitare par Sok-Chun.

Dès qu'il pensa à la chanson, Sok-Chun se sentit très mal, comme torturé.

Depuis ma naissance, j'aime mon pays natal
Son ciel bleu, ses montagnes et rivières attachantes
…

Ce jour-là, Sok-Chun, ivre d'alcool et de bonheur, avait mal joué, mais comme Soon-Hwi avait bien chanté, leur collaboration pour la *courte pièce musicale* fut excellente. Les tourneurs qui mplissaient la pièce applaudirent au point de se aire mal aux mains. Alors il chanta encore.

La mélodie s'embrouilla dans son souvenir, mais l se leva. Il regarda de loin le visage froid de sa emme. Son cœur s'effondra. Lorsqu'il avait chanté u mariage, il était heureux avec elle. Que son visage était gêné et rouge. Elle avait regardé avec chaleur ses collègues tourneurs, naïfs mais rudes.

Sok-Chun laissa la guitare et proposa d'une voix èche, en prenant place à côté de l'ancien tourneur :

— Grand-père, mangeons.

— Non, ça va. J'ai beaucoup mangé.

— !...

La griserie de la pièce était rompue.

Ils prirent un peu de bière et de vin. L'ancien ourneur appela l'enfant qui était en train de manger des biscuits dans un coin et le fit asseoir sur ses genoux.

— Je te donne quelque chose ?

Il tira de sa poche une petite voiture brillante en acier blanc. Le nom *Ri Ho-Nam* et sa date de naissance étaient gravés sur la plaque avant. C'était un produit artisanal en acier, avec des roues chronées et un chauffeur.

Sous les regards fixés en silence, l'ancien tourneur tendit plusieurs fois un ressort à l'arrière de a voiture et il la posa sur le sol.

La voiture fila rapidement dans la pièce, avec un bruit léger, comme celui d'une sauterelle.

L'enfant explosant de joie courut pour attraper a voiture, mais celle-ci accéléra, lui échappa et s'enfuit d'un autre côté de la pièce. Ce n'était pas un simple jouet, mais un robot mécanique. Les sourires des adultes fleurirent largement.

Sok-Chun avait les larmes aux yeux. L'ancien ourneur était le meilleur mécanicien de l'usine, mais fabriquer un tel jouet était difficile. Ce n'était

qu'un jouet, mais il y avait mis tout son cœur pou
célébrer son ancien apprenti et son bonheur fami
lial.

Pendant que les autres s'amusaient, l'ancien tour
neur se leva brusquement et prit son vieux cha
peau.

La femme de Sok-Chun en fut gênée.

— Pourquoi ne voulez-vous pas rester encore
un peu ?...

— Désolé... Madame, occupez-vous bien de
Ho-Nam. Parce que c'est un futur tourneur de notre
usine. Je pense que ce sera un grand mécanicien

Il s'approcha de Ho-Nam et lui offrit sa grosse
main. L'enfant lui tendit correctement sa main
droite. L'ancien tourneur secoua la petite main de
l'enfant comme s'il lui transmettait l'esprit honnête
et énergique du métallurgiste.

Raccompagné jusqu'à la cour, il regarda un ins
tant silencieusement Sok-Chun en posant sa main
sur son épaule.

Il y avait dans son regard une question sévère e
solennelle : "Ecoute, toi, que se passe-t-il ? Hein ?...'

Il était dans l'obscurité, mais son regard lisai
dans le cœur de Sok-Chun. Sok-Chun baissa la
tête devant celui qui s'inquiétait, immobile, de l'at
mosphère perturbée de sa famille. Après un bon
moment, il saisit fortement les épaules de Sok
Chun pour le consoler, puis les relâcha.

— Ne te fais pas trop de souci... C'est peut-être
le combat de l'amour. Comme le couteau qui coupe
l'eau... En tout cas, ta femme est tourneuse d'ori
gine.

— !...

Tandis que Sok-Chun le raccompagnait avec ef
fusion, il ne put échapper à l'angoisse.

Femme tourneuse... La nuit dans le village de
montagne où les oiseaux chantaient, le brouillard

embrassant la clarté de la lune, couvrant les rives où s'écoulait énergiquement la rivière, la belle femme qui traitait avec affection son morceau de guitare maladroit avait déjà disparu, comme un brouillard.

Les invités étaient tous partis et l'enfant endormi, la voiture en acier dans les mains.

Soon-Hwi parla doucement mais fermement en regardant dehors par la fenêtre.

— Nous... nous sommes mal assortis. Nos rythmes de vie... ne s'accordent pas.

— Je le pense aussi... nos rythmes de vie... En tant que musicienne, vous avez trouvé la bonne comparaison.

— Il faut que nous trouvions une solution.

— Faites comme vous voulez. Inutile de me demander mon opinion. Je suis très occupé à l'usine, je n'ai pas le temps de discuter de tout cela avec vous.

Sok-Chun alla vers la pièce du fond et ferma la porte coulissante entre les deux chambres.

Le désaccord familial filtra petit à petit. Il transpira dans les propos des autres, ils reçurent les conseils de leurs camarades et de leur unité d'habitation, mais cela ne calma pas la blessure. Au contraire, mois après mois, elle s'aggrava et le pus s'accumula.

Pourtant Sok-Chun sortait tôt le matin et rentrait tard le soir. Parfois, il dormait à l'usine. Ses soucis, en silence, étaient enterrés sous le travail.

La belle lumière qu'ils avaient allumée à l'époque de leur mariage d'amour était éteinte...

— Camarade juge, je ne vous ai pas parlé pour justifier ma position dans ce problème familial. Mais... je ne peux plus vivre avec ma femme. Nous devons nous séparer. Nos rythmes de vie sont vraiment différents.

— Au fait, vous avez réussi à fabriquer votre machine ?

— Oui, je l'ai présentée le mois dernier à l'Exposition des sciences et des techniques.

— Ouah… Pendant combien d'années y avez-vous travaillé ?

— Environ cinq ans… j'ai traîné.

— Cela a dû être pénible. Ce n'est pas facile de créer une nouvelle machine.

Jong Jin-Woo porta une cigarette à sa bouche. Il se plongea dans ses pensées. Au terme d'une détérioration ancienne dans la famille, l'expression *rythme de vie* que ce couple utilisait au terme de sa réflexion sur lui-même lui semblait taper dans le mille. Intensité et buts différents, vies sans harmonie… Qui était le plus responsable ?… Pour quel motif concret étaient-ils venus jusqu'au tribunal ? Leur dissension était devenue plus violente encore une fois la machine réalisée. Ses années d'efforts avaient abouti, il pouvait être fier de lui-même devant sa femme, et il pouvait en attendre de la compréhension… Dans ce cas, un autre motif dont ils ne pouvaient parler ?

Ho-Nam, endormi dans la couette, s'éveilla à moitié en serrant les lèvres, et il sourit de toutes ses fossettes.

Le tourneur s'approcha chaleureusement du visage de son fils, l'observa et caressa ses cheveux collés sur son front par la sueur.

— Réveillez-le. Sa fièvre est tombée maintenant, je vais le faire manger.

Jong Jin-Woo se leva et prépara la table.

— Ne vous dérangez pas, je vais le ramener à la maison sur mon dos.

Sok-Chun avait l'air gêné.

Jong Jin-Woo le fit se rasseoir en appuyant fortement sur ses épaules alors qu'il se levait déjà.

— Ma femme est en voyage d'affaires, je n'ai rien préparé de spécial.

— Pour ramener mon fils... Je suis venu à cause de ce problème familial, comment pourrais-je... ?

Sok-Chun se leva, pris d'un sentiment de gêne.

— La maison du juge n'est pas sa salle d'audience. Asseyez-vous. Ne me faites pas regretter.

On frappa doucement à la porte principale.

Jong Jin-Woo ouvrit.

Etrangement, le visage sombre de Chai Soon-Hwi complètement trempée de pluie apparut. Serrant un petit sac en tissu contre sa poitrine et un parapluie à fleurs ruisselant dans son autre main.

— Camarade juge... mon enfant...

Sa voix tremblait. Sans doute avait-elle couru sous la pluie battante à l'école maternelle, à la salle de spectacle et enfin à la maison, pour enfin venir là, après avoir rencontré la fille de son quartier.

— Que faites-vous ? Entrez vite.

Son visage s'apaisa, sans doute parce qu'elle était soulagée de savoir que son fils était vraiment chez le juge. Elle se tourna vers l'extérieur, pressa l'eau de l'extrémité de sa jupe, puis elle suivit Jong Jin-Woo à l'intérieur.

— Camarade Sok-Chun, venez voir qui est là... Votre femme a erré sous la pluie pour vous chercher, vous et votre fils... Bon, toute la famille est réunie. Attendez, je dois installer une grande table pour manger.

Jong Jin-Woo, en hâte, prit un tablier accroché au mur et en ceignit ses reins. Mais l'humour et la plaisanterie volontaires et affectueux du juge ne pouvaient pas modifier l'ambiance glaciale qui régnait dans la pièce.

Sok-Chun, resta debout, l'air absent, et Soon-Hwi enleva la couette et entreprit d'habiller son fils à demi réveillé avec les vêtements secs qu'elle avait dans son sac. La tête de l'enfant endormi dodelinait de gauche à droite, et ses mains entraient mal dans les manches. Quand Sok-Chun, accroupi, voulut prendre l'enfant, Soon-Hwi repoussa fermement sa main.

Lorsque Soon-Hwi acheva de l'habiller, l'enfant était parfaitement réveillé. Son regard perplexe se posa sur son père et sur sa mère, puis il se tourna vers Jong Jin-Woo. Il se souvint sans doute de tout, car un large sourire apparut sur ses lèvres et ses yeux s'apaisèrent.

Sa mère attrapa soudain les épaules de Ho-Nam pour le mettre sur son dos. Le juge Jong Jin-Woo dit de sa voix sévère de tribunal :

— Camarade Soon-Hwi, laissez-le. Vous l'emmènerez après dîner.

Sur ces mots humains et acérés, elle s'arrêta un moment comme si la loi pouvait protéger et défendre l'enfant mieux que sa mère. Et elle s'accroupit sur le sol, prise de fatigue.

Jong Jin-Woo prépara la table et il s'occupa de son mieux de cet enfant d'une famille désunie.

Tout en observant l'attitude de ses parents, Ho-Nam fut touché par l'affection de ce monsieur aux cheveux argentés qui l'avait porté sous la pluie et il se mit à manier la cuillère en oubliant même la politesse. Après un bon moment, il la reposa silencieusement en voyant des larmes couler sur les joues de sa mère et de l'eau dans les yeux innocents de son père.

— Je vous remercie.

En se levant, Chai Soon-Hwi remercia Jong Jin-Woo pour son fils ou pour une autre raison.

Elle voulut placer son enfant sur son dos, mais elle en fut empêchée par la forte poigne de Sok-Chun.

Ho-Nam, habitué aux disputes de ses parents, grimpa sans rien dire sur le dos de son père.

Tous trois, qui n'avaient pas prévu de se rendre ni chez quelqu'un comme ça, ni dans leur famille, ni chez des amis, quittèrent en silence la maison du juge.

Jong Jin-Woo les raccompagna chaleureusement au rez-de-chaussée.

De loin, Ho-Nam agita sa main dans sa direction et Sok-Chun lui dit quelque chose, mais il n'entendit pas à cause du bruit de l'eau qui s'écoulait des gouttières.

La pluie et l'obscurité les envahirent.

Mais il vit clairement que Soon-Hwi levait haut le parapluie et qu'elle le penchait vers son mari qui portait son fils. Sans doute pour protéger l'enfant de la pluie, en tout cas toute la famille s'en allait sous la pluie avec un seul parapluie.

Lorsqu'ils eurent disparu, Jong Jin-Woo se souvint qu'il ne leur avait pas demandé qui était Chai Rim.

*

La pluie s'écoulait violemment des gouttières.

Le vent froid faisait voler les vêtements de Jong Jin-Woo, debout à l'entrée, et son visage était inondé.

Jong Jin-Woo, le visage sombre, scrutait silencieusement l'obscurité sous la pluie. Le nuage de malheur familial que le couple de Sok-Chun avait laissé versait une pluie froide sur le cœur du juge. Ils étaient partis ensemble sous le même parapluie… Malgré cela, leurs vêtements détrempés les serraient. Jong Jin-Woo ne put échapper à ses idées sombres, faites d'inquiétude et de souci.

Des fenêtres des appartements d'en face s'écoulaient des centaines de lumières électriques. Les épouses et les maris avaient sans doute rejoint avec enchantement leurs enfants après une journée d'absence. Ils embrassaient et découvraient sous les lumières chaque vie, chaque histoire, chaque sentiment différents. Affectueusement et joyeusement, comme le ruisseau...

Il pleuvait dans l'obscurité, les gouttes d'eau qui s'écoulaient par les gouttières criaient en frappant une plaque de tôle.

La pluie se déversait sur son visage et soulevait les pans de ses vêtements comme si elle cherchait de la chaleur.

Il faisait de plus en plus froid. Le climat continental froid s'installait.

Jong Jin-Woo pensa soudain à sa femme. Il était possible que la neige ou une pluie verglaçante tombe plutôt que le givre sur Yonsudok. A l'aube, la terre allait geler complètement. Avait-elle emporté des vêtements ouatés d'hiver?... Elle n'avait pas besoin d'y aller... Les travailleurs des fermes pouvaient bien s'occuper des greffes expérimentales...

Il y eut un signe discret de présence dans le dos de Jong Jin-Woo. Il se retourna.

Une femme, vêtue d'un pull épais et un parapluie à la main, s'était traînée à l'entrée.

C'était la femme du technicien qui habitait au premier étage. Elle était institutrice, elle avait largement dépassé les quarante ans. Chaque soir, elle attendait son mari à l'entrée, quelquefois un peu plus loin. Ils s'étaient croisés souvent. Le technicien, fou d'alcool, buvait au café ou avec des amis, et il apparaissait par une ruelle derrière l'immeuble, sans se soucier de sa femme qui attendait. Pris de boisson, il ne parlait pas, dormait calmement, mais ne se rendait pas compte des effets sur sa santé. Il aimait vraiment sa femme et n'élevait jamais la voix. C'était une famille heureuse, mais la femme ne pouvait pas trouver la paix en raison du problème de boisson de son mari.

Elle avait beaucoup de soucis et beaucoup de choses à faire. La préparation des cours, la fabrication du matériel, les progrès en mathématiques des élèves… le comportement des élèves en classe, les notes, les questions de culture… tous les soucis de la journée pesaient sur les épaules de cette institutrice. En les assumant, elle témoignait toujours autant son affection à son mari, et aussi à ses écoliers. Non, plutôt, elle aimait sans doute plus ses élèves que son mari. Son bon cœur était exactement le même que lorsqu'elle était célibataire. Sacrifiant entièrement son amour et sa jeunesse à ses élèves, elle n'avait pu aimer personne. Elle ne connaissait pas l'amour des parents. Elle avait perdu ses parents dans un bombardement des salauds d'Américains pendant la guerre, elle avait grandi dans un orphelinat et dans une école maternelle. Elle ignorait les notions de *moi*, de *mon avenir*, de *mon but*. Depuis qu'elle était devenue institutrice, à l'âge de vingt ans, elle avait pris l'habitude de consacrer son sang et son esprit à la mère patrie qui avait pris soin d'elle depuis son enfance. Les enfants de sa classe étaient les siens, l'école était sa maison, l'avenir des écoliers était son avenir, et tout cela était son pays. Elle usait intégralement son salaire, jusqu'à la dernière pièce, pour ses élèves, pour le matériel d'enseignement, ou pour leur santé.

Cette institutrice put se marier avec un jeune technicien que quelqu'un lui avait présenté lorsqu'elle avait eu vingt-neuf ans. Elle ne l'avait vu qu'une seule fois, pourtant elle n'avait posé aucune question sur son caractère… Grâce à un mot attentionné du technicien, qui avait déclaré qu'il l'aiderait dans sa carrière d'institutrice même après le mariage, elle avait accepté de lier son destin au sien. Et cette institutrice, prise dans les bras solides comme un roc de ce technicien la première nuit, avait pleuré de tristesse sans raison comme une petite fille. La tristesse de l'orpheline, la peur de perdre son amour pour les enfants et l'enseignement, ou tout ce bonheur, ses souvenirs et sa douleur avaient été réveillés par ce bonheur... Elle avait pleuré. Elle n'avait qu'une petite valise, une table basse pour travailler et des livres comme biens personnels. Mais le jour du mariage, les villageois, ses amis, ses élèves, les parents d'élèves, tous apportèrent des cadeaux, et la chambre en déborda. Les parents de ses anciens élèves de plus de dix années étaient aussi venus. C'était la première fois au village qu'il y avait un mariage avec tant de monde. Le jeune technicien, qui pensait que sa jeune épouse n'avait pas de famille, était perplexe devant cette chaleur humaine autour d'elle. A partir de cet instant, il l'aima davantage et la respecta. Après le travail, lorsqu'il entendait des conversations heureuses dans la chambre entre sa femme et des élèves, il n'ouvrait pas la porte, redescendait et attendait en fumant une cigarette. Seulement lorsque les élèves quittaient la maison après avoir passé tout le temps nécessaire avec sa femme, il rentrait... Après tant d'années de vie commune, leur harmonie était toujours entière.

Jong Jin-Woo s'écarta de l'entrée.

Elle se courba comme si elle était désolée et passa devant Jong Jin-Woo. Elle fit quelques pas dans l'obscurité en brandissant un parapluie et resta là un moment sans savoir où aller.

Jong Jin-Woo se retourna et gravit lentement l'escalier. Sans savoir pourquoi, il sentit que ses pas étaient lourds et l'escalier lui sembla très haut. Il comprit vaguement que c'était à cause de la solitude.

Penser à sa femme provoquait son mécontentement. Sa femme passait vingt jours pour ce seul
mois d'avril dans les champs expérimentaux. Depuis qu'elle était rentrée à la maison et jusqu'à ce
jour, elle n'avait même pas passé une semaine à
l'Institut et elle était déjà repartie. Jusqu'à quand
devrait-il supporter cette *vie de veuf*?... Son amour
et le mécontentement envers sa femme partie pour
une région de montagne où tombait une neige
fondue s'agitaient confusément dans son cœur.

A peine parvenu au premier étage, il entendit
un bruit de pieds frottés, de voix et de parapluie
replié en provenance de l'entrée.

— Il pleut, pourquoi m'attends-tu ?... Je finis
toujours par rentrer.

La voix du technicien était brusque et touchante
à la fois.

— Pourquoi êtes-vous en retard ?

C'était la voix inquiète de sa femme.

— Parce qu'ils ont apporté des traverses pour
la grue ce soir tard. Il y avait longtemps que tout
le monde était parti... Je les ai empilées tout seul,
alors je me suis fait mal aux reins.

— Je ne pense pas que vous soyez passé devant le bistrot sans y entrer.

— Ah, vous sentez une odeur ?... J'ai arrêté de
boire.

— Depuis aujourd'hui ?

— Bien sûr...

— Oh, une maladie de dix ans va disparaître.

— Complètement.

— Vous en êtes sûr ?... Promettez-le-moi.

Les voix du couple se firent de plus en plus
basses. Lorsque Jong Jin-Woo parvint au troisième
étage, elles se firent très faibles.

— Chérie... vous n'avez rien à préparer pour
vos cours ?

— Pourquoi donc ?

— Pour vous aider…

— Quelle idée sournoise… vous voulez boire ?

— Oh, vous m'avez attrapé !

— Votre cœur est aussi simple que celui des enfants. Je n'ai pas de travail à faire.

— Dommage… en fait, chérie… oui, il fait bien froid… dans le placard… il est resté quelque chose depuis l'autre jour ?

— Ça ne fait même pas trois minutes que vous avez arrêté…

— Juste un verre… je ne peux pas divorcer d'avec l'alcool. J'avais de l'affection pour l'alcool bien avant de me marier avec vous.

— …

Jong Jin-Woo regarda dans la boîte aux lettres pour vérifier s'il y avait une lettre de son fils, puis il ouvrit la porte.

L'intérieur de la maison était vide et balayé par un air froid.

Lorsqu'il se hâta de monter vers la pièce du haut en pensant à la *serre*, la fenêtre était ouverte. Les feuilles de haricots, s'allongeant jusque-là, tremblaient dans le vent froid. Il ferma tout de suite la fenêtre, regarda le thermomètre intérieur, la température n'était heureusement pas beaucoup descendue.

Il s'inquiéta pour les nouveaux plants améliorés, mais il se consola en pensant que c'était bon pour eux de gagner un peu en résistance en supportant le froid. Il versa de l'eau sur les plants en pots. Dans chacun, des bourgeons ou des feuilles de piments, douces et faibles, de tomates, de choux blancs, de radis, d'épinards… à demi ouverts.

La plupart des graines plantées avaient été obtenues par une méthode élaborée par sa femme. Elle n'était pas soutenue par tous ses collègues du centre de recherche, mais elle vivait avec ses graines à la maison, prenant soin d'elles comme de sa propre chair. Elle les avait plantées au centre de recherche et dans un champ expérimental des environs. Elle souhaitait obtenir une double récolte. Grâce à cela, il y aurait besoin de moins de champs, l'effort serait moindre, et l'offre en légumes pour les gens de cette région montagneuse bien plus abondante.

En fait, le processus d'amélioration dépendait du climat et des saisons, une expérience durait un an. Et il fallait la répéter plusieurs fois, plusieurs dizaines de fois. Il était très difficile de reproduire à volonté les graines minuscules léguées par l'expérience des hommes et l'évolution de la nature depuis plusieurs dizaines de milliers d'années.

Et si elle mettait maintenant fin à ses recherches qui n'avançaient pas vraiment... Il est fréquent qu'un scientifique réussisse dans ses projets tout en menant une vie normale avec ses enfants...

Jong Jin-Woo, submergé de regret et de désespoir, pensa aux difficultés rencontrées et au temps passé au travail par sa femme.

Avait-il imaginé tout cela lorsqu'il était amoureux de sa jeune femme ?...

4

Vingt ans plus tôt… un jour d'automne.

Jong Jin-Woo présentait sa petite thèse dans une salle de l'université. C'était la thèse de cours préparée pour entrer en cinquième année de la faculté de droit.

Considérations juridiques sur l'histoire du mariage… C'était un titre un peu grandiloquent pour une thèse de cours. Avec d'abondants documents concernant l'histoire et la vie, ce pouvait être magnifique, mais rédigé rapidement pour une thèse de cours, le contenu était un peu maigre. Jong Jin-Woo avait écrit sa thèse sur le développement historique du mariage sur la base du matérialisme dialectique. Et ses camarades de pension qui avaient lu son brouillon avaient estimé qu'elle était excellente en tant que thèse d'étudiant.

Jong Jin-Woo se présenta dans la salle avec une fierté secrète. Il y avait beaucoup d'étudiants à l'intérieur. L'essentiel du public était composé d'étudiants de la même année, d'étudiants de classes inférieures et d'anciens étudiants curieux. Et aussi d'autres classes. Lorsqu'on soutient sa thèse à l'université, le titre, le candidat et la date publiés dans le journal de l'université sont affichés au mur. Une thèse de droit intéresse tout le monde et franchit les barrières académiques.

Yoon-Hwi, appelée *Dard d'abeille* au cours de droit, s'assit au premier rang à côté d'une fille inconnue. Yoon-Hwi était du même pays natal que Jong Jin-Woo. Elle lui lança un sourire étrange. Elle avait l'air de vouloir savoir ce que valait la thèse de Jong Jin-Woo et son visage montrait que, même écrite logiquement, elle pourrait toujours y trouver des faiblesses. Contrairement à elle, la fille à côté d'elle jeta un regard doux et curieux sur Jong Jin-Woo. Sans savoir pourquoi, il regarda de nouveau cette fille, et son regard chaleureux s'imprima dans son cœur. Puis il baissa la tête sur sa thèse.

— Au premier âge de l'humanité…

Regardant lentement la salle, Jong Jin-Woo lança sa mélodie vivante d'une voix basse. Puis sa voix claire professorale résonna dans la salle, ajoutant à l'authenticité de sa thèse.

— Au premier âge de l'humanité, les hommes vivaient en groupe dans les forêts tropicales et subtropicales et installaient dans des grottes leurs demeures primitives. La cueillette des fruits et des légumes sauvages, la chasse aux animaux faibles étaient leurs principaux moyens de subsistance. Pour retrouver cette époque où n'existait pas de distinction au travail entre hommes et femmes, il faut remonter bien avant le début du paléolithique. Les *humains*, ayant évolué d'animaux supérieurs pour se mettre debout et commencer à marcher, ont vécu ainsi plusieurs dizaines de milliers d'années avant d'utiliser des outils, bâtons ou haches de pierre, et de découvrir le feu.

La première forme d'union à l'époque était collective. Les primitifs, qui devaient vivre en groupe à cause des animaux sauvages, des dangers de la nature inconnue et du manque de nourriture, n'avaient pas réellement de notion de moralité. Pour eux, qui n'avaient comme *but* que de survivre, comme un instinct animal, le mariage collectif relevait de la *morale* naturelle. Ils n'avaient besoin d'aucune forme d'interdiction ou de limitation pour contrôler les unions, et ils n'en avaient d'ailleurs pas la possibilité.

Ces mariages collectifs primitifs ont duré très longtemps.

Après ce premier âge, l'homme est entré dans le paléolithique, avec l'apparition des objets en bois et en pierre, l'utilisation du feu, la pêche, l'invention des arcs et des flèches et l'élevage du bétail. L'homme qui vivait jusque-là en groupe sans but précis a formé les premières communautés. C'étaient des communautés matriarcales. En raison des mariages collectifs, les enfants ne connaissaient que leur mère, et ne pouvaient s'identifier qu'à la lignée maternelle.

Les mariages collectifs, ignorant toute différence de génération et de famille, n'ont pu que faire naître peu à peu dans les esprits simples des sentiments de honte et d'outrage. Aussi les unions collectives ont-elles commencé à décliner. Dès le début de la communauté matriarcale, un autre type de mariage collectif a connu un progrès foudroyant. Les groupes sont devenus des foyers, qui ont réussi à limiter les unions entre frères et sœurs. La société matriarcale, née au milieu de l'ère paléolithique, s'est développée jusqu'au néolithique.

Les capacités de production de la famille primitive ont augmenté ainsi que la densité de la population, montrant que la société matriarcale avait progressé moralement. Les unions collectives étaient la cause d'une forte contradiction économique et elles étaient spécialement pénibles pour les femmes. Celles-ci avaient renforcé leur capacité économique et leur pouvoir familial pour leur permettre d'échapper aux relations sexuelles humiliantes et violentes.

Et, pendant longtemps, leur *combat* désespéré a continué, entre les conflits sociaux sans fin réprimant leurs opinions, les nouveautés positives, l'ancienne forme d'union, les coutumes et l'obstination des hommes qui ne voulaient pas abandonner leur plaisir dans le mariage collectif. Enfin, on en est arrivé au mariage choisi, mettant fin à des dizaines de milliers d'années d'unions collectives. Mais, avec ce type d'union, les hommes avaient toujours droit à la polygamie et les enfants appartenaient à leur mère comme avant. C'était une forme de mariage qui n'éliminait pas totalement les derniers vestiges des unions collectives, mais on doit remarquer qu'il était quand même la victoire *juridique* des femmes qui avaient imposé une nouvelle vie morale dans l'histoire des êtres humains.

Ce n'est qu'à la fin du néolithique et à l'âge du bronze que le mariage choisi a rencontré la monogamie. A cette époque, l'élevage du bétail s'était rationalisé, l'agriculture s'était développée grâce à l'irrigation des champs et à l'utilisation des charrues. L'élevage et l'agriculture étaient devenus l'apanage des hommes forts. Les hommes qui occupaient une position dominante dans le clan ont rejeté les coutumes du mariage choisi et rassemblé en famille femmes et enfants. Sur cette base, la transmission des biens de la famille et de l'héritage ont commencé à être le fait du père. Parce que les hommes avaient besoin de certitude quant à leur progéniture pour transmettre l'héritage…

Jong Jin-Woo voulait vérifier que l'auditoire était intéressé par sa thèse, mais il n'en avait pas trouvé le temps. Il se tut donc un petit moment, leva la tête et regarda la salle.

— L'écroulement de la société matriarcale et la formation de la société patriarcale, l'essor des capacités de production grâce à l'invention du fer, la division du travail, les produits excédentaires, la propriété individuelle, la production commerciale, les échanges, l'exploitation, la naissance des classes sociales...

Jong Jin-Woo expliqua du mieux possible comment la famille, sur la base de la monogamie nouvelle forme de mariage, était devenue la nouvelle unité économique et sociale, à la suite de l'écroulement de la base économique communautaire. Il pensa que quelques étudiants de la faculté de droit et des auditeurs libres assis dans l'assistance ne seraient pas particulièrement intéressés par le sujet, qui était un résumé de l'histoire du mariage repris de nombreux historiens. Mais il était certain qu'il avait apporté sa part à ces diverses analyses avec son point de vue juridique.

— ... L'Etat, résultat de la lutte entre les classes sociales, et les conflits ont consolidé la propriété privée de la classe dominante et engendré la loi comme méthode pour entraver et exploiter le peuple. La loi, arme du pouvoir national qui protégeait les intérêts de la classe exploitante, a une origine différente des coutumes, des opinions traditionnelles et des décisions communautaires.

Il avait clarifié les dispositions juridiques qui réglementaient les relations matrimoniales en même temps que les affaires pénales et civiles... dans le code sumérien, puis dans le code d'Hammurabi à Babylone au XVIe siècle avant notre ère. Les codes des sociétés antiques qui avaient imposé le mariage monogamique n'avaient pas pour but d'imposer une morale saine supprimant adultère et prostitution, mais de renforcer la propriété privée d'une génération à l'autre. Le processus d'accumulation de propriété privée avait renforcé le pouvoir des hommes dans la société et dans la famille et en même temps, soumis économiquement les femmes, ce qui en avait fait des esclaves aussi bien politiquement que moralement.

Avec l'entrée dans la société féodale, les relations de mariage furent maintenues dans la contrainte et dans l'asservissement, tant pour des raisons de fortune, de classe que de puissance, évoluant sans cesse davantage pour envahir les sentiments et les droits des femmes. Lorsqu'on examine le *Sangjon-gryemun* de l'époque Koryo ou le *Kyongkuktae-jon* de la dynastie Ri…

Jong Jin-Woo apaisa sa soif avec le verre d'eau posé sur la table. La salle était silencieuse. Il semblait que les auditeurs libres, fascinés par la profondeur académique de la thèse, éprouvaient du respect pour Jong Jin-Woo même lorsqu'il buvait lentement son eau.

Jong Jin-Woo regarda Dard d'abeille assise au premier rang. L'air imposant, presque arrogant, avait disparu du visage de Yoon-Hwi. Le corps tourné vers l'estrade, son visage était plein de surprise. Elle pensait peut-être que Jong Jin-Woo était un bon étudiant, charmant, et elle le regardait attentivement, semblant se demander d'où lui venaient ses connaissances étendues et sa capacité de recherche. En revanche, la jeune fille assise à côté d'elle arborait un visage très sérieux. Son expression précédente, faite d'une curiosité et d'un respect qui s'étaient lentement installés dans le cœur de Jong Jin-Woo, avait disparu. Jong Jin-Woo reprit son manuscrit, en se disant qu'il avait été inutilement tendu à cause de ces filles assises sous son nez devant l'estrade. Sa voix claire retentit à nouveau et il maîtrisa son agitation en se concentrant sur sa thèse. Jong Jin-Woo ne vit plus que les lignes de son manuscrit qui analysaient l'histoire du droit et du mariage. Il lui sembla que les auditeurs, qui ne lui apparaissaient que dans une sorte

de brouillard, étaient comme les témoins des dif
ficultés de l'histoire millénaire du mariage. Ce
n'étaient pas réellement des témoins, mais les des
cendants des témoins de l'évolution sans fin du
mariage.

Lorsque Jong Jin-Woo acheva la présentation de sa
thèse, les auditeurs applaudirent vivement de tou
cœur ses efforts académiques. Jong Jin-Woo des
cendit lentement de l'estrade comme s'il était ha
bitué à ce genre de chose, mais sans parvenir à
calmer son agitation. Ses camarades de classe e
ses aînés s'approchèrent, tendant leurs mains pou
saisir la sienne. Les auditeurs affluèrent vers la sor
tie. Deux jeunes filles s'approchèrent de Jong Jin
Woo, tout à son agitation et à sa joie debout devan
le premier rang. Yoon-Hwi et son amie. Yoon-Hw
lui adressa un sourire rayonnant.

— Je vous félicite sincèrement pour votre thèse
Jong Jin-Woo répondit de façon détournée.

— Critiquez-moi pour mes manquements.

— Je n'en trouve pas. Je vous dis franchemen
que j'ai appris beaucoup de choses grâce à vous
alors que je suis dans la même classe. Oh !… Oui
je ne vous ai pas présentés. Voici mon amie, Han
Eun-Ok.

Jong Jin-Woo échangea un sourire de salutatior
avec la jeune fille. Yoon-Hwi continua :

— La camarade Eun-Ok est venue pour suivre
des cours de biologie par correspondance. Sor
pays natal est Yonsudok.

— Ah… oui. Elle vient de loin. Yonsudok est à
au moins trente lieues par la route de la vallée.

Yoon-Hwi, en observant attentivement le visage
de Jong Jin-Woo qui exprimait de la gentillesse, dit

— En fait, la camarade Eun-Ok a quelque chose
à dire sur votre thèse.

— Ah bon ?… Parlez, je vous en prie.

Jong Jin-Woo exprima une grande curiosité. Le visage de Eun-Ok rougit brusquement. Elle jeta un coup d'œil en direction de Jong Jin-Woo et baissa modestement les yeux.

— Non… Je n'ai pas d'opinion. La camarade Yoon-Hwi, sans raison…

— On dit qu'il ne faut jamais refuser de donner un conseil.

— Je pense que… votre thèse est très bien rédigée…

Yoon-Hwi tira par la manche son amie gênée.

— Ah ça, tu m'as chuchoté tout à l'heure… On y va puisque tu n'as rien à dire.

— Je suis désolée…

Les deux jeunes filles se dirigèrent vers la sortie, laissant là Jong Jin-Woo.

…

Le reste de la journée, Jong Jin-Woo ne pensa plus à cette étudiante, Eun-Ok. Parce que après la soutenance il avait lu les autres thèses et discuté jusqu'à la nuit avec leurs auteurs.

Mais, le lendemain matin, contre toute attente, il la rencontra au carré pédagogique du potager de l'université.

A l'aube d'un jour d'automne froid.

Jong Jin-Woo se baladait sur un chemin du potager, il n'y avait pas beaucoup de monde et l'air était frais. Depuis qu'il avait quitté la pension de l'université, il avait gardé son livre sous le bras, mais, attiré par l'atmosphère de l'aube, il se contentait de marcher lentement, tête levée.

Le brouillard, infiltré dans le bois, se dispersait peu à peu, et les érables à grandes feuilles rougissantes en automne apparurent nettement. Le faible bruit des feuilles sombres qui tombaient dans le calme matinal évoquait de petits oiseaux affairés. Les feuilles recouvraient le sentier. Il exhalait l'odeur humide savoureuse des vieilles feuilles décomposées sur la terre riche mêlée à celle des feuilles d'automne sous le soleil. Un oiseau à peine réveillé vint frôler la tête de Jong Jin-Woo. Il commença à chanter puis se calma tout de suite comme s'il sentait qu'il était trop tôt.

Jong Jin-Woo aperçut la jeune fille assise sur un banc sous un vieux chêne au bord du sentier. Un livre ouvert, elle était en train de le lire en soulignant.

Sur l'instant, Jong Jin-Woo se souvint de tout ce qui s'était passé la veille et il s'approcha d'elle à grands pas sans savoir s'il la dérangeait.

Etonnée par cette brusque présence humaine, la jeune fille leva la tête. Dès qu'elle vit Jong Jin-Woo, son visage se colora légèrement de rouge. Une joie chaleureuse infiltra son regard franc et ouvert.

— Je peux m'asseoir ?

— Je vous en prie.

Elle voulut dégager les feuilles tombées sur le banc, mais il s'y assit. Tous deux hésitèrent à parler, prêtant attention au silence du bois.

— Hier... vous aviez un avis... sur ma thèse ?... Parlez-m'en, je vous en prie.

— ...

— Aidez-moi.

— Une étudiante en biologie ne peut pas vous aider.

La rougeur avait disparu et elle était redevenue sérieuse comme la veille dans la salle de soutenance.

— En tout cas, j'aimerais vous entendre.

Jong Jin-Woo se montra modestement obstiné.

Eun-Ok posa son livre, prit une feuille tombée sur ses genoux et l'enroula autour de ses doigts. Des feuilles jaunes tourbillonnaient sans fin au-dessus de leurs têtes et les oiseaux, réveillés tard et rassasiés, chantaient paresseusement. Quand le premier rayon de soleil rouge effleura le bois, le brouillard infiltré dans les branches s'échappa comme gêné vers le haut des arbres pour se cacher dans le ciel bleu.

— Mon... père est conseiller du peuple... J'ai lu avec intérêt des livres de droit à la maison. Mais je ne les ai pas lus méthodiquement, alors je n'ai que des connaissances fragmentaires... et mon opinion n'est pas très informée.

Eun-Ok sourit en regardant Jong Jin-Woo. Son regard gêné et modeste était clair et franc comme celui d'une petite fille.

— Quand même, si vous le souhaitez... ce que je pense après avoir écouté votre soutenance...

Sa voix se fit de plus en plus sérieuse.

— Je pense que cela ne sert à rien de répéter les points positifs de votre thèse, car vous avez reçu assez d'applaudissements hier... Ce que je veux ajouter, c'est que cette petite thèse a été rédigée modestement sur la base de votre savoir, pas avec des phrases grandiloquentes pour étaler vos vastes connaissances juridiques. J'ai appris beaucoup de choses. ... Si vous permettez, je pense que votre thèse aurait été meilleure si vous aviez approfondi les considérations sur les relations juridiques...

Eun-Ok dit que les historiens des siècles passés avaient déjà souligné les liens entre développement historique et relations matrimoniales. La thèse évoquait bien quelques-uns de ces points, mais passait un peu à côté. Avec les changements de règles et le développement économique et social, le mariage et la forme de la famille avaient évolué et c'était surtout sur cette base-là qu'il valait mieux parler du développement historique des relations et des règles morales des époques primitive, ancienne et féodale. Dans certaines parties de la thèse, il avait à peine évoqué le problème et il était passé à côté. Le combat du peuple visant à établir des relations matrimoniales nouvelles et raffinées rejetant les anciennes normes morales contradictoires et dégradantes avait joué un rôle aussi considérable dans l'évolution de l'histoire du mariage que la croissance de la production et le développement des infrastructures sociales...

— Camarade, comme votre travail consiste à réfléchir juridiquement sur l'histoire du mariage, vous devriez vous concentrer davantage sur ce point... La tradition, la coutume, les usages sur lesquels la loi s'appuie se forment au cours du long processus de la vie et peuvent aussi changer grâce aux efforts moraux des gens et à leurs combats, non ?...

— !...

Jong Jin-Woo la regarda les yeux grands ouverts.

Une lueur fraîche et douce emplissait les yeux noirs de Eun-Ok comme une forêt claire où passe le soleil du matin. L'odeur de la forêt d'automne semblait provenir de tout le corps de cette jeune fille.

Ses connaissances que Jong Jin-Woo avait trouvées ordinaires l'attiraient comme sa beauté.

— J'ai des idées pour vous contredire, mais je ne peux pas le faire. Parce que la nouveauté de votre théorie m'excite.

— Vous n'avez pas besoin de prendre mes paroles au sérieux.

— Non, vous avez raison... Vous avez bien travaillé. Je vous respecte de tout mon cœur.

Eun-Ok garda un silence modeste.

...

Dans un coin isolé de la bibliothèque de l'université, Jong Jin-Woo rédigea toute la journée un texte complémentaire.

… L'être humain a développé de hautes capacités de production et des processus économiques complexes, qui sont devenus la base d'un développement moral, engendrant à son tour des sentiments humains raffinés. Depuis l'époque primitive, même sous des formes élémentaires, l'affection, le devoir, le respect, la peur, la honte, la panique, la conscience, la bonne foi… toutes sortes de conceptions morales ont commencé à prendre forme. L'amour maternel existait déjà à l'époque des relations préhumaines, mais le sentiment concret des hommes en tant que pères n'était pas vraiment formé à l'époque des unions collectives. A cette époque, c'était juste un sentiment de protection pour rassurer leur progéniture dans le clan qui les dominait. Mais c'était un sentiment intense proche de l'instinct, lié à la survie du clan, un devoir pressant. Pour que ce sentiment devienne un amour paternel doux et chaud, il a encore fallu d'innombrables milliers d'années. Avec le temps, toutes sortes de notions morales et de sentiments ont vu le jour et pris forme, élevant la vie spirituelle des êtres humains. Cela a influencé de façon décisive les relations matrimoniales. Ainsi, avec le mariage choisi et au début du mariage monogamique, les gens se sont rendu compte que le mariage et aussi la vie en couple étaient une nécessité physique et économique, mais aussi une nécessité morale… Pourtant l'évolution de la vie spirituelle des êtres humains n'a pas été si régulière. Depuis les temps anciens, l'opposition et les contradictions entre êtres humains et leur résolution…

Jong Jin-Woo ne se contenta pas du sujet de sa thèse. Ses considérations sur les relations du mariage et de l'évolution morale englobèrent tous les domaines de l'esprit. Ses idées n'étaient pas bien solides et ses connaissances influaient abstraitement sur sa thèse, mais il n'en avait pas conscience et écrivit en hâte. Pour expliquer scientifiquement le processus d'évolution morale concernant le mariage, il ne fallait pas écrire précipitamment. De vastes efforts et beaucoup de temps étaient nécessaires pour mettre à jour des enseignements historiques enrichissants, en chercher d'autres, les compléter par des analyses juridiques. Mais Jong Jin-Woo écrivit bien trop vite pendant quelques jours. Parce qu'il avait une seule idée, revoir Eun-Ok avant son départ et lui montrer ça, bien plus que finir sa thèse. Sans savoir pourquoi, il était dans l'impossibilité d'empêcher son cœur de battre pour elle.

Lorsqu'il se rendit au dortoir de l'université féminine, avec son manuscrit supplémentaire à peine terminé, Yoon-Hwi ne cacha pas sa curiosité. Elle avait tiré hâtivement des efforts académiques de Jong Jin-Woo un sentiment étrange et elle l'informa que Eun-Ok partait l'après-midi même par un train pour le Nord. Il ne restait que trente minutes avant son départ. Il attrapa au vol un bus pour la gare, courut vers l'entrée. Au moment où le train arrivait à toute vitesse en sifflant dans un nuage de fumée, il était sur le quai.

Jong Jin-Woo découvrit rapidement Eun-Ok dans la foule des voyageurs. Dans un costume modeste gris foncé, avec une valise et trois pots emballés dans un tissu posés à ses pieds. Eun-Ok fut un peu surprise en l'apercevant et lui demanda avec chaleur :

— Vous êtes venu pour chercher… quelqu'un ?

— Non… je suis venu pour vous voir.

— Moi ?…

— Parce que j'ai réécrit ma thèse, je voulais vous demander de la lire…

Jong Jin-Woo ne se sentait pas très honnête. Le visage rouge, il tripota vainement son manuscrit.

Eun-Ok était très gênée.

— Je ne savais pas que vous prendriez mes paroles au sérieux… Non, je n'ai pas le niveau pour, et…

Le train arriva juste à temps au quai pour sauver Eun-Ok de l'embarras. Faisant trembler le quai, le train fit souffler le vent sur les voyageurs. Caressant ses cheveux en désordre, Eun-Ok prit sa valise. Elle prit un pot enroulé dans le tissu de sa main gauche. Son visage était devenu sérieux et elle semblait vouloir le fuir.

Jong Jin-Woo comprit enfin qu'elle savait que la thèse n'était qu'un prétexte et qu'il n'était pas venu pour qu'elle l'aide. Alors il pensa qu'il n'était qu'un homme vulgaire obsédé par une idée minable et son visage chauffa de honte. Il se trouva bien gauche, son manuscrit à la main. Jong Jin-Woo eut envie de s'excuser brusquement, glissa le manuscrit sous son bras et souleva les deux pots restants.

La jeune fille l'en dissuada immédiatement.

— Non merci, je pose ça dans le train et je redescends tout de suite.

— Chère camarade… vous êtes trop… un simple passant peut bien vous aider.

— …

Eun-Ok ne pouvait refuser et elle baissa les yeux.

Jong Jin-Woo lui demanda, pour échapper à cette situation embarrassante :

— C'est quel arbre ?

— Des plants de légumes.

— Ah bon ?!… Mais pourquoi vous les emportez à la maison… dans un pot…

— Pour les tester dans notre région… Ils ont été spécialement sélectionnés au centre de recherche sur les légumes.

— !…

Jong Jin-Woo, discrètement touché, suivit la jeune fille avec les pots. Dans le train, il les posa doucement sur le porte-bagages.

— Merci.

Elle le remercia sincèrement.

— Rentrez bien.

Il hésita à lui serrer la main, puis redescendit sans le faire. Le train ne partait pas encore. Debout sur le quai, il glissa ses mains dans ses poches et regarda les nuages blancs dans le ciel au-dessus du toit du train. Il se sentit vide comme si quelque chose d'important venait de quitter son cœur. Quand le train s'ébranla, il regarda vers la fenêtre où Eun-Ok avait dû s'asseoir. Elle n'était pas assise, mais debout à la vitre près de l'endroit où il avait déplacé les pots. Lorsqu'elle passa devant Jong Jin-Woo, elle leva la main et la rebaissa tout de suite, puis elle détourna la tête comme si elle n'avait pas voulu faire ce geste d'adieu triste. Le train disparut au loin, mais il ne regarda que les deux rails sans fin qui ne se croisaient jamais.

…

La silhouette de Eun-Ok était profondément gravée dans le cœur de Jong Jin-Woo. Il ne pouvait oublier son apparence sérieuse, sympathique et sage. Ses efforts en matière de recherche étaient charmants et avaient capturé son cœur plus que ses yeux doux et son visage rouge.

Un an et demi après, Jong Jin-Woo fut en poste au tribunal de cette ville. Après son installation, un jour où il eut un peu de temps libre, il se rendit à l'Institut de repiquage de légumes en banlieue.

Eun-Ok, venue à la porte principale lorsqu'elle apprit que quelqu'un la cherchait, fut contente de le voir. Elle cueillit une poire tardive dans le jardin de l'Institut qu'elle lui offrit. Cette poire qui n'avait pas subi le givre était dure et âpre au goût.

Jong Jin-Woo l'informa qu'il travaillait comme juge au tribunal populaire, et, sans hâte, lui donna la raison de sa visite. C'était difficile à dire, mais il prit sur lui et s'exprima avec la pratique de son métier qui commençait à imprégner son corps.

Rouge et gênée, elle garda le silence un bon moment. Puis elle prétexta qu'elle était très occupée. Elle refusa d'aller se promener ou au cinéma le soir.

Jong Jin-Woo revint deux jours plus tard.

Mais elle n'était pas là. Parce qu'elle était en mission en altitude. La femme âgée assise à la réception le reconnut et lui remit une lettre.

C'était une lettre de Eun-Ok.

Elle écrivait, après une critique polie, qu'elle était heureuse d'avoir reçu cet amour, ce genre d'amour inattendu (si c'était de l'amour…). Mais qu'elle ne savait pas comment l'accepter. Elle disait que c'était trop pour elle, une fille tout à fait ordinaire qui se battait pour faire pousser des légumes dans le climat rude de sa région. La suite, c'étaient des lignes froides et intelligentes. Elle s'inquiétait pour lui qui faisait ses premiers pas dans la société comme travailleur juridique et qui perdait son temps en vain. Elle écrivait qu'elle souhaitait qu'il se concentre sur ses affaires de justice et non au désordre de son cœur.

Cette lettre ne faisait même pas une page, mais elle alluma encore plus de flammes dans le cœur de Jong Jin-Woo. Sans amour, elle contenait au contraire la décision de la jeune fille de rompre les relations au moment convenable en considérant l'amour irréfléchi de Jong Jin-Woo comme un bouleversement temporaire de son cœur.

Le premier amour de Jong Jin-Woo. Cela prit beaucoup de temps pour qu'un amour propre et franc s'allume dans le cœur de cette jeune fille innocente.

*

Leur mariage eut lieu un beau jour du mois de mars, après toute une nuit de neige.

Jong Jin-Woo se promena avant la cérémonie avec Eun-Ok dans des rues de banlieue.

Vêtue d'un manteau, avec une écharpe en laine autour du cou, Eun-Ok marchait avec la légèreté d'une danseuse dans ses chaussures de cuir. Les franges fines de son écharpe coulaient sur son dos et sur sa poitrine comme un rayon de soleil.

Solidifiée par les pas des passants, la neige en fondant luisait et glissait comme une plaque de verre.

Aussi Eun-Ok saisit-elle le bras de Jong Jin-Woo et s'appuya contre lui pour marcher.

Son bonheur faisait briller son visage comme la neige blanche au sommet de la montagne.

Le cœur de Jong Jin-Woo battait lorsqu'il regardait ce visage brillant, ses yeux cachant de la joie et de la peur.

La neige sous leurs pieds faisait un bruit mélodieux.

Le vent froid du matin s'était endormi et l'air était frais. Le ciel gris argent s'ouvrit largement au sommet des montagnes dépliées au loin comme un paravent.

Sur les bords du chemin, des stalactites cristallines accrochées sous les avant-toits des immeubles étincelaient sous le soleil, tels des bijoux. Chaque fois qu'elles tombaient sur la terre gelée, elles faisaient une sorte de bruit mystérieux de percussions – *ch'aenggŭrŏng*. Chaque fois, la jeune fille se serrait contre Jong Jin-Woo en criant joyeusement *Omana* !

La neige tombée toute la nuit avait couvert la rue, les maisons, les arbres d'ouate épaisse.

Un monde blanc, propre et argenté, et opulent, séduisait et attirait leurs cœurs qui allaient s'épouser.

De tous côtés, la neige, l'existence majestueuse de la nature, se manifestait avec un sourire blanc.

La neige froide, douce et légère comme de l'ouate, couvrant superbement rivières et montagnes, semblait tomber sans mesure pour célébrer ce jour de bonheur.

L'invitée blanche tombée toute la nuit embrassait chaleureusement les deux futurs mariés avec l'émotion d'une vaste mer, dans l'air froid.

Ils descendirent le chemin en pente qui glissait, se serrant la main comme des enfants.

Les pins verts, qui avaient offert leurs corps à la neige, se dressaient au bord de la rivière. Ils semblaient s'être enivrés de jeux du Nouvel An. Ils accueillaient les jeunes gens bourgeonnant d'amour, enlaçant à la fois l'été bleu et l'hiver blanc.

Un couple de pics-verts, habillés de soie bleu argent et de chapeaux rouges, s'approcha – *hŭrŭrŭk* – et s'assit sur une branche de pin dont la peau rouge était fendue. Sans prêter attention aux deux personnes qui approchaient, il s'affaira à picorer l'arbre de leurs becs aigus – *ttak ttak ttak...* Les *stéthoscopes* trouvèrent tout de suite les insectes qui se nichaient dans l'écorce et l'opération s'acheva sans faute au bout d'une longue langue en crochet.

Dans le ruisseau couvert de la glace friable gonflée comme des gâteaux de riz à cause de la fonte, il était impossible de cacher le son du printemps semblable à une voix de jeune fille.

Un vent léger fit tomber la neige poudreuse en caressant les petites branches d'arbre.

Le soleil, avec un visage maternel, monta plus haut encore, effleurant doucement la rivière et la montagne dans la lumière d'un arc-en-ciel, éclairant les visages des deux jeunes.

Les branches sèches, se rendant compte de la présence du printemps par la chaleur du soleil, commencèrent à s'agiter en dressant des bourgeons protégés par l'écorce épaisse. C'était pour s'éveiller du sommeil de l'hiver.

— Camarade Jin-Woo, regardez ça. Une pie !... Elle va mordre la branche, dit joyeusement Eun-Ok en indiquant un endroit au bord de la rivière où la neige avait fondu.

— Il me semble que c'est pour faire son nid.

— Costume noir et chemise blanche, on dirait un couple de jeunes mariés.

— !...

Le couple de pies, sans se séparer, se frotta la poitrine. Après avoir choisi des branches sèches, elles s'envolèrent vers le haut d'un bouleau.

— Eun-Ok, on va s'asseoir là-bas ?

— Allons-y.

Jong Jin-Woo et Eun-Ok s'assirent côte à côte après avoir nettoyé la neige d'un des troncs d'arbre. Ils avaient été tirés et entassés là après être tombés d'un radeau l'automne d'avant. Le tronc, gelé et détrempé par la neige et la pluie, était glacial, mais les deux amoureux ne sentirent rien. Submergés par la bonne fatigue d'une longue marche sur le chemin enneigé, assis en silence, ils regardèrent au loin le pied de la montagne blanche.

Jong Jin-Woo posa doucement sa main sur celle de Eun-Ok.

— Votre main est froide...

— ...

Le laissant faire, Eun-Ok lança un regard doux à Jong Jin-Woo.

— Votre main aussi.

De l'intérieur des deux mains glacées monta un peu de chaleur.

— Camarade Jin-Woo... après le mariage aussi vous m'aimerez toujours ?

— Bien sûr

— Toute la vie ?

— !...

Au lieu de répondre, il serra fortement la douce main de Eun-Ok. Avec sa permission, il voulut en faire la promesse en serrant son corps pour y verser un amour de feu.

— J'ai un peu peur de vous.

— Pourquoi ?...

— Parce que vous êtes magistrat.

— Vous aussi, vous avez travaillé pour la loi.

— A quoi ça peut me servir ? Ce ne sont que des connaissances superficielles... Et c'est vous qui exercez la loi. J'ai peur que vous agissiez comme un magistrat à la maison. Selon quel article, selon quel paragraphe du code civil... droit civil, droit de la famille... Je condamne cette femme méchante pour les raisons suivantes... ho ho.

Jong Jin-Woo sourit aussi.

— Quand sa femme transgresse la loi, même si on l'aime beaucoup, elle doit être punie comme tout le monde.

— *Omana...*

Le couple de pies revint du bouleau et se posa non loin d'eux en effleurant la neige de leurs ailes. Les pies regardèrent un petit moment avec un air de doute les deux personnes assises sur le tronc d'arbre, puis, rassurées, picorèrent du bec des herbes sèches. La neige fondit peu à peu sous le soleil de mars et la terre sèche apparut. La neige entassée sur le tronc d'arbre devint légère et celle qui collait à leurs semelles fondit complètement.

— Eun-Ok, qu'est-ce que vous pensez ?... Pourquoi êtes-vous si silencieuse ?

— Désolée. Je pensais à mon pays natal. Yonsu-dok... J'y suis née et j'y ai passé mon enfance et mon adolescence.

Leurs mains à tous deux se réchauffaient comme de la plume.

Eun-Ok appuya doucement la tête sur l'épaule de Jong Jin-Woo.

— Vous m'avez parlé une fois d'un village installé modestement au pied de la montagne. E d'arbres beaux à voir dressés au bord de la rivière et d'une fontaine sous un saule… Yonsudok, mor pays natal, est un village sans rivière, ni ruisseau ni source. Il n'y pousse même pas de légumes. Une petite flaque d'eau devant le village constituait toute l'eau indispensable à la vie. En été, prè: de *l'eau potable,* des plantes d'eau et des ortie: entouraient les clôtures. Il y avait quantité de sang sues et d'insectes et on attrapait des maladies même si on faisait bouillir l'eau. En hiver, quand monta le froid du continent, cette flaque gelait jusqu'au fond. Tous les jours, les hommes allaient briser la glace à la hache. Alors les mères plaçaient les mor ceaux de glace dans un récipient avant de les ver ser dans un chaudron et d'allumer le feu. C'étai ainsi qu'on puisait l'eau l'hiver. Il n'y avait pas de fête particulière. Mais le jour où l'on transportai en chariot l'eau puisée dans des seaux dans la ri vière à sept lieues était une grande fête.

Jong Jin-Woo sentit la douceur des cheveu: abondants de Eun-Ok sur son cou et ses joues.

— Puis on a institué la coopérative agricole à Yonsudok après la guerre. Le gouvernement a dé pensé beaucoup d'argent pour les équipement: de pompage pour puiser de l'eau de la rivière A partir de là, les gens ont pu profiter de la vi culturelle tout autant que les bons villages. Le: pommes de terre, le sarrasin et l'orge ont été récol tés en quantité. On a commencé à manger fré quemment des bols de riz bien blanc. On a élevé beaucoup de bœufs, de moutons, de chèvres. Mais. . on ne pouvait pas cultiver de légumes. Les cher cheurs de la région sont venus et y ont longtemp:

peiné pour améliorer la sélection des espèces selon le climat de là-bas.

La voix de Eun-Ok devint sèche et son visage gris.

— Malgré tout… ils n'ont pas obtenu de bons résultats. Comme toujours, on fait venir en camion et on consomme des légumes cultivés à basse altitude. Yonsudok est un village où on ne peut pas cultiver de légumes. On y abandonne de plus en plus les recherches.

— …

Jong Jin-Woo comprit mieux pourquoi Eun-Ok travaillait à l'Institut de repiquage des légumes et étudiait en même temps la biologie par correspondance, une fois installée dans le chef-lieu de la province où il avait été muté. Il fut touché par le cœur de Eun-Ok qui, même le plus beau jour de sa vie, se souvenait de son pays natal et des gens qui y vivaient.

…

Ils furent accueillis à une grande table préparée par les parents et les amis chez Jong Jin-Woo, dans une maison sans étage, modeste, dans la banlieue entre les montagnes. La table était formidablement bien dressée, c'était la première table importante de leur vie.

Devant un paravent hérité, vieux de plusieurs dizaines d'années, dont le jaunissement soulignait la beauté classique, les deux jeunes gens debout nageaient dans un bonheur sans fin et une émotion profonde.

Le repas de fête n'était ni splendide ni bruyant, mais il y avait des plats modestes correspondant aux coutumes et aux traditions nationales des régions du Nord.

La cérémonie de mariage, lente et joyeuse, procéda avec solennité entre les anciennes coutumes qui disparaissaient et les nouvelles règles simples de leur mode de vie.

Jong Jin-Woo n'enregistra ni ne comprit rien de tout cela, il n'avait pas l'esprit assez libre pour y penser. Il n'avait pas le courage de regarder autour de lui tous les yeux qui emplissaient la pièce et il sentait seulement qu'un moment sérieux, heureux et mystérieux s'écoulait dans son existence.

Dans un silence absolu, sans aucun bruit même des enfants, un ancien camarade de classe de droit lut le discours de félicitations.

L'assistance baignait dans un silence joyeux. Les vieux se rappelaient leur mariage passé, leur jeune temps, et les jeunes faisaient l'expérience vibrante de cet instant heureux qu'ils vivraient un jour eux aussi.

Les petits restaient perplexes et impatients devant ce genre de discours nécessaire à ce genre de réunion au lieu de dévaster la table en mangeant, buvant, s'amusant et chantant.

— Alors…

L'ancien condisciple avait une voix puissante.

Il semblait que cette voix exaltée rappelait fortement le sens du mariage et la nécessité de ne jamais oublier cet instant historique.

— L'époux Jong Jin-Woo et l'épouse Han Eun Ok, devant leurs parents, leurs familles, leurs camarades, leurs amis… devant les anciennes et les futures générations, devant le Parti et notre pays s'unissent par les liens sacrés du mariage et fondent une famille. Il faut insister sur le fait que l'harmonie de la famille, la cellule de la société, conditionne la solidité de la nation, qu'il faut vivre avec sincérité sans changer de sentiment pour la prospérité de notre mère le pays, en s'aidant et se soutenant jusqu'aux cheveux blancs…

Le discours toucha tout le monde dans la pièce comme un écho venu des montagnes.

Au milieu de ce silence profond, Jong Jin-Woo et Eun-Ok versèrent de l'alcool dans des verres et les offrirent aux parents et aux invités par ordre d'âge*.

Les gens reçurent précieusement l'alcool offert par les jeunes mariés. Leurs regards plongeant dans leurs verres qui tintaient comme une source claire brillaient et semblaient satisfaits. Dans ces verres d'alcool, il y avait ce mariage magnifique, la gratitude pour le Parti qui avait préparé le sommet du bonheur, le respect pour les gens plus âgés, et la promesse des jeunes mariés.

Les bons buveurs et les autres burent jusqu'à la dernière goutte. Parce qu'il était important de ne pas renverser ni de laisser le verre reçu des jeunes mariés.

Après la sage cérémonie, avec la musique de l'accordéon, tout le monde s'assit autour de plusieurs tables entre la pièce du fond et celle de devant.

Son ancien condisciple, expert en accordéon, s'assit sur une chaise posée dans un coin et toucha le clavier en rallongeant lentement le soufflet. Une mélodie d'espoir, douce mais dynamique, s'éleva.

Jong Jin-Woo le regarda amicalement. Représentant tous ses camarades de classe, il était venu de loin jusqu'à cette ville entre les montagnes.

Les jeunes dans la pièce, les jeunes travailleurs de l'Institut de repiquage des légumes, les jeunes camarades de bureau du père de Eun-Ok, tous chantèrent accompagnés par la mélodie de l'accordéon.

A leur demande, Jong Jin-Woo et Eun-Ok chantèrent en duo.

Ce fut un jour heureux, plein de chansons, de rires, d'histoires et de plats.

---

* L'étiquette de la boisson, même dans la vie quotidienne, exige qu'on serve les autres (et jamais soi-même) et aussi qu'on offre son propre verre, qui une fois bu sera rendu, ce qui accélère notablement la consommation.

Les verres d'alcool et de bière se succédèrent bruyamment pour souhaiter du bonheur aux jeunes mariés.

Le temps passa. A la table des personnes âgées, on cessa de parler des jeunes mariés pour aborder ses opinions et ses propres inquiétudes sur les femmes, sur l'amour et sur son mariage. C'étaient de rudes propos des gens du Nord. De franches paroles de ceux qui avaient l'expérience du mariage et de la famille.

— Quoi qu'on en dise, la femme dans la famille doit être solide.

— Ma femme ?... N'en parlons pas. Elle tombe souvent malade. Je me suis marié parce qu'elle était grosse, mais finalement elle est très faible.

— C'est pour cela, pour avoir une femme, on dit qu'il faut un cœur de paysan qui fréquente le marché et qui sait choisir un bœuf capable de tirer la charrette.

— C'est un vieil adage... Les jeunes d'aujourd'hui regardent d'abord la beauté.

Les paroles n'étaient pas très claires, interrompues par instants par l'utilisation distraite des cuillères et des baguettes et le bruit des verres d'alcool qui s'entrechoquaient.

— Ne vous inquiétez pas si votre fille est laide... Les jeunes filles sont comme des fleurs. A vingt-trois, vingt-quatre ans, même si elles ne fleurissent pas comme des roses mais comme des volubilis, ou des fleurs de citrouille ou une autre fleur, de toute façon les abeilles et les papillons arriveront.

— Je m'inquiète toujours pour ma fille aînée. Son caractère est trop fort et son âge avance... De nos jours, on dit qu'une fille de vingt-six ans est comme une femme de soixante. Mais elle pense que se marier n'est pas plus important qu'un jouet d'enfant. Elle ne jette jamais un regard sur les jeunes hommes et elle n'est jamais douce avec eux… Je l'ai supporté longtemps, mais avant-hier, j'ai crié. *Ya*, tu es tellement insidieuse qu'aucun garçon ne s'intéresse à toi. Calme donc ton caractère masculin et mets un peu de maquillage. Pour attirer un homme. Je vais préparer la cérémonie de ton mariage, même si je dois tordre le cou du coq.

— Les enfants d'aujourd'hui ne sont pas sages, même à vingt-six ans. Parce que la vie est trop confortable… Ils ne savent pas pourquoi se marier.

On entendit une voix plus sérieuse et plus intelligente.

— La femme de ce *tigre d'ingénieur-chef* de notre usine est décédée l'an dernier. Il a trouvé une autre femme le mois dernier. Elle était veuve et forte, et son visage est rond. On m'a dit qu'elle est très bien. Le jour où l'ingénieur-chef rentre de voyage d'affaires, elle attend son mari à la gare, habillée et maquillée. Puis elle rentre à pied à la maison à côté de son mari, en portant son sac. Nous sommes tous ses obligés. Parce que, grâce à elle, ce *tigre d'ingénieur-chef* qui réprimandait violemment et s'acharnait contre les chefs de poste et d'atelier pendant les réunions est devenu doux et compréhensif et il parle doucement… Il a changé d'un seul coup. Et la production augmente.

Les invités absorbés dans ce genre de conversation ne faisaient plus attention aux jeunes mariés.

La nuit était profonde.

Satisfaits et repus, les amis et les invités, fatigués de parler, se levèrent un à un.

Jong Jin-Woo leur serra la main à tous. Eun-Ok les salua en inclinant sagement sa tête parée de fleurs.

L'air frais de l'extérieur balaya l'atmosphère imbibée de fumée de cigarette et d'odeur de nourriture.

…

Ils s'assirent silencieusement dans la pièce du fond sans lumière.

Cela faisait longtemps que la mère de Jong Jin-Woo était partie après avoir étendu la nouvelle couverture et le doux matelas ouaté, mais les jeunes mariés excités par les répercussions de la cérémonie n'étaient pas tranquilles.

Le calme, comme un silence du début de la naissance du monde, se fit.

La clarté de la lune illumina doucement la chambre.

Les canards mandarins brodés sur les oreillers*, les oiseaux et les fleurs de la couette en soie semblaient bouger dans la lumière lunaire bleutée comme s'ils étaient vivants.

Ch'aenggŭrŏng ! – Un bruit lourd de stalactite tombant sous l'auvent rompit le silence de la chambre. Même dans la nuit profonde, la grande nature circulait sans arrêt, sans repos, en fonction de sa propre loi. Le chuchotement de la nature surprit les jeunes mariés baignant dans leur bonheur comme pour les rappeler à leurs devoirs à venir, exigeants et sublimes, plutôt qu'au moment d'extase et de peur juste sous leurs yeux.

Les jeunes mariés se levèrent et s'approchèrent de la fenêtre comme s'ils s'étaient donné un rendez-vous.

La stalactite brillante était couverte de la clarté de la lune. Les maisons d'en face apparaissaient vaguement entre les ormes enveloppés dans la neige comme des imperméables. Les toits étaient couverts d'une couette épaisse d'ouate blanche et dormaient dans une lueur bleutée. Au-delà, on

* Tradition originaire de Chine, les canards mandarins, brodés ou sculptés, sont des symboles de fidélité. On en offre deux aux jeunes mariés.

voyait une paroi gris argenté couverte de neige, au loin, les montagnes blanches se dressaient vers le ciel bleu-noir comme des murs antiques. Les objets allongés autour de la paroi et des maisons, au pied des montagnes, semblaient comme des sculptures de marbre. Les ombres de neige et de nuit étaient en harmonie. Le silence froid et enveloppant de la nuit d'hiver mystérieuse couvrait les environs. La profonde tranquillité et le froid se firent de plus en plus profonds, mais la nature nimbée de lune ne perdait pas de sa beauté.

— Elle est vraiment belle, cette nuit… Les étoiles sont comme des diamants.

— …

— Cette première nuit, je ne l'oublierai jamais de ma vie.

— …

— Elle restera comme un beau souvenir. N'est-ce pas ?… Eun-Ok, qu'est-ce que tu penses ?

— Camarade Jin-Woo, là-bas… au-delà de ces montagnes, vers Samtaesong, il y a Yonsudok.

— !…

Ils regardèrent l'espace bleu et noir. En montant au sommet de la montagne sombre, on avait l'impression qu'on pourrait toucher de la main les étoiles brillantes.

— Je me souviens exactement de mon enfance… Je suis encore dans mon enfance… Il me semble que quelqu'un d'autre que moi s'est marié. J'ai peur… Je me sens coupable de m'installer ici au lieu de vivre à Yonsudok. Mes amis d'enfance et les villageois y vivent.

— !…

Jong Jin-Woo eut le cœur gros.

La silhouette de Eun-Ok, couverte par la clarté de la lune, semblait plus belle encore. Son cœur fut violemment attiré par l'harmonie entre son visage dans la salle à l'université, à la forêt du parc pédagogique, et sa silhouette sur le quai de gare.

— Eun-Ok, continuez à cultiver des légumes à Yonsudok. En tant que mari, en tant que camarade et en tant qu'ami, je vous aiderai.

Jong Jin-Woo n'avait pas imaginé que sa femme avait besoin de temps, non pas d'un an, ni même d'années, pour réussir, et qu'il leur serait difficile de profiter du bonheur d'une famille normale. Il n'avait pas voulu anticiper sur ces jours-là. Le beau voile du mariage cachait la réalité de la vie. De ses jeunes yeux parvenus au sommet de la vie, il considérait que ce qui était dur et compliqué deviendrait simple et facile, et que les difficultés disparaîtraient avec le bonheur.

— Merci, vraiment…

La petite voix de Eun-Ok trembla de joie.

Une étoile filante à la longue queue de feu disparut dans le ciel bleu sombre au-delà des montagnes. La lueur de la lune éclaira doucement les deux jeunes gens dans l'harmonie de l'amour sur la couette de soie.

— Camarade Jin-Woo, lorsqu'on aura une maison… je pense que je vais installer une serre de recherche dans la chambre du fond. Pour faire des observations à mon retour de l'Institut. Vous me le permettez ?

— Bien sûr… C'est moi qui m'occuperai de trouver des pots en terre pour la serre.

— !…

Eun-Ok, touchée, leva ses beaux yeux voilés de lumière d'étoiles et regarda longuement Jin-Woo.

L'amour éternel, la famille en harmonie, le résultat des recherches… Jong Jin-Woo vit une promesse solide sur leur vie future éclairer ses pupilles. Il lut avec son cœur dans le cœur de sa femme. Puis, après une semaine de mariage, sa femme repartit pour Yonsudok.

Il n'y avait pas beaucoup de garantie ni d'espoir, mais, comme c'était la fin mars, il fallait ensemencer les serres.

Une vie de mariage, tout le monde en avait une, et tout le monde a commencé de la sorte...

En pensant aux débuts de son mariage, faits uniquement de passion noble et propre, ainsi qu'aux vingt dernières années, Jong Jin-Woo considéra sa vie passée.

Il se sentit mal.

Quel mariage sincère et distingué, quels jours d'amour, mais pourquoi ai-je tout oublié pour imposer mon mécontentement à ma femme ?... Parce que le temps passait ?...

Bien sûr. Le temps avait passé. Il avait vieilli en supportant le mariage et la vie de famille au nom de la réalité, pas pour l'idéal.

Toujours à ses affaires, occupé à protéger et à réaliser l'idéologie et la loi du Parti... à s'occuper de la serre installée dans un appartement ni grand ni petit au troisième étage, à faire sans fin la maîtresse de maison. Il avait aidé sa femme partie pour Yonsudok, leur enfant sur le dos, sans se plaindre. De l'école maternelle à la période militaire de son fils, il avait tenu le rôle de mère à la place de sa femme. Sa famille avait connu davantage de jours gris que de jours clairs, mais il avait tout supporté en soutenant avec sincérité les souhaits de sa femme.

Mais... pourquoi était-il maintenant mécontent et angoissé à propos de sa femme et de sa vie ?... Pourquoi se moquait-il des difficiles travaux de recherche de sa femme ?... Où étaient-elles, les promesses et les obligations des jours du mariage, quand son cœur se consumait d'amour ?... Tout avait-il vraiment disparu avec le temps ?

Jong Jin-Woo plongea dans ses pensées profondes en regardant un pot en terre imprégné de sel et couvert de mousse.

Il pleuvait encore et le vent soufflait fortement à l'extérieur des fenêtres.

La neige va tomber à gros flocons. Et il gèlera à l'aube…

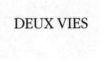

DEUX VIES

5

Soon-Hwi, les yeux fermés et allongée sur le sol chaud, écoutait le bruit de la gouttière.

Le bruit de l'eau tombant du toit de la maison sans étage semblait accroître l'inquiétude qui emplissait la chambre silencieuse. Par ce vacarme agitant tous les bruits désordonnés d'un espace invisible, tombant sans interruption par les tuiles dans l'obscurité profonde, l'eau de la gouttière semblait avertir Soon-Hwi, soucieuse et déçue, d'un destin pénible. La nature qui, pourtant, ne fait pas de distinction entre les gens, semblait maintenant menacer Soon-Hwi de ne pas sortir du malheur.

Son enfance naïve, son adolescence à rêver, sa jeunesse quand sa timidité et sa pureté s'ouvraient comme des fleurs, que la nature lui avait fait entendre des sons beaux et chaleureux… En été, le bruit de l'eau de la gouttière tombant du toit de sa maison au pays natal dans un village de montagne était une mélodie vivante et mystérieuse, remplie d'histoires amusantes. Pour la petite Soon-Hwi, l'eau de la gouttière était la vie de petites gouttes chargées d'univers. Elles tombaient tranquillement l'une après l'autre comme le doux son de la cloche de l'école à travers le brouillard et les nuages. Quand elle y prêtait l'oreille, le bruit des gouttes d'eau qui creusaient un trou dans la terre lui rappelait plusieurs histoires amusantes de l'école, dans les champs, au pied des montagnes. Soon-Hwi essaie d'en attraper avec sa petite main dépliée. Les gouttes d'eau emplissent lentement sa main. Des perles d'eau rebondissent sur son visage en faisant *ch'olssak ch'olssak*. Quand la bruine se transforme en pluie fine, les gouttes d'eau tombent de plus en plus vite et suspendent clairement un instrument à cordes de l'extrémité des tuiles à la paume de la main de la petite. *Jjorŭrŭ jjorŭrŭ...* Le son alerte, qui résonne en chatouillant le creux de sa main, forme une nouvelle mélodie en harmonie avec le bruit de la pluie fine et discrète des environs. La pluie fait pleurer l'espace avec l'instrument à cordes fines comme des fils de soie et trempe les objets placés sur le sol. Les feuilles de poirier sous la haie, les fleurs dans la grange, la haie d'arbres verts, les parterres, les jarres, la cour répandant une odeur épicée de poussière... la pluie fine comme des cordes tambourine différemment selon les objets en se déployant devant les yeux de la petite fille. Le son de l'eau de la gouttière dans la main de la petite fille ajoute du sens et de la couleur à tous ces sons. *Jjorŭrŭ jjorŭrŭ...* En frappant sa main, l'eau de gouttière mouille de perles d'argent le visage et les vêtements de la petite. Il semble que les bruits de la pluie se rejoignent à la haie de la maison de Soon-Hwi... comme les gamins du village, les amis de son enfance... La chanson résonne. La voix de Soon-Hwi claire comme le ruisseau se mêle à la voix des petits. La pluie, l'eau de la gouttière et le son de l'eau claire s'écoulant sans fin...

— Mère...

L'appel familier résonne, tire les pans des vêtements de Soon-Hwi plongée dans le monde chimérique de son enfance si lointaine.

— Mère ?...

— ?!...

Soon-Hwi redescendit dans le monde réel en chassant le brouillard de son souvenir, après s'être séparée péniblement de ses amis d'enfance.

— Tu dors ?

— Hein ?

Soon-Hwi trembla. C'était son fils, Ho-Nam. Le petit s'assit à côté de la porte coulissante à moitié ouverte entre la chambre du fond et la chambre basse. La silhouette de son fils accroupi tenant un oreiller dans l'obscurité de la pièce lui apparut. Cet enfant, allongé entre son père qui était dans la chambre du fond et sa mère… s'était assis entre les deux pièces en hésitant. Cela faisait longtemps que la lumière était éteinte, et comme il ne changeait pas de position, il avait sans doute hérité beaucoup du caractère de son père. Sentant tout cela, Soon-Hwi ne put réfréner son intense sentiment maternel.

— Viens là.

Ho-Nam serra son oreiller et se heurta à quelque chose en approchant avec hésitation. C'était la table de collation. Le dîner était préparé sur la table mais, comme Soon-Hwi et son mari n'y avaient pas touché, elle l'avait enveloppé dans une étoffe. Ho-Nam se glissa sous la couette de sa mère, lui tourna le dos et se roula en boule. Contrairement à son habitude, il ne se serra pas dans les bras de sa mère. Son dos était tourné vers sa mère, son visage vers son père.

Sa mère l'attira vers elle comme si elle voulait changer le sentiment de son fils tourné vers la chambre de son père. Il se laissa prendre docilement. Ses mains posées sur les seins de sa mère bougèrent un peu, puis il s'endormit vite. Son souffle était fort, pas calme, car il n'avait certainement pas levé l'inquiétude de son petit cœur. Le bruit de la pluie à l'extérieur, tout comme le souffle d'inquiétude de ce petit, ne cessait pas. *Jjorŭrŭ jjorŭrŭ…* L'eau de la gouttière qui se déversait en quantité ne semblait pas vouloir quitter le toit, collectant les eaux de pluie pour dérober la tranquillité de l'enfant en dormi. Ces gouttes de pluie brutales semblaient se déverser avec ardeur pour laver les belles choses dans les souvenirs de Soon-Hwi comme de la poussière.

Un bruit de mouvement dans la chambre du fond, une allumette s'enflamma d'un coup. Puis on entendit le souffle rude crachant la fumée d'une cigarette. Il n'avait sans doute pas sommeil. Le destin de la famille arrivait à terme, comment aurait-il pu trouver le calme ?… La personne dans la chambre du fond n'était ni son mari ni le chef de famille. Il était encore son mari et le chef de famille socialement et juridiquement, mais elle avait tout effacé dans son cœur. Soon-Hwi n'éprouvait aucune culpabilité sur le fait que son mari n'avait pas dîné et qu'il était allongé sur un sol froid. De toute façon, ce genre de scène, presque chaque soir, était une prolongation d'un souci douloureux et d'une solitude continuelle.

Soon-Hwi se souvint de la silhouette du juge qui l'avait accompagnée jusqu'à la porte. Cette personne qui avait décidé de son destin par la force de la loi. Un regard doux et perçant à la fois, une voix calme… Soon-Hwi regretta de ne pas lui avoir expliqué la raison du divorce. Quand le juge l'avait interrogée en détail, pourquoi n'avait-elle répété que des propos abstraits *c'est le rythme de vie, c'est l'avenir, c'est le métier* ? Comme une petite fille en colère de ne pas avoir réalisé ses chimères, je n'ai laissé tomber que des mots vides…

6

Le juge Jong Jin-Woo se réveilla à l'aube.

Lorsque le vent qui frappait à la fenêtre et le bruit des branches qu'il effleurait se calmèrent, le silence s'installa dans la chambre.

La lumière floue d'un lampadaire et la lueur de la lune brillaient et répandaient des ombres dans la chambre. Les contours des objets et des meubles apparaissaient vaguement et des ombres énormes se détachaient sur le plafond et les murs. Elles remplissaient l'espace de la chambre vide d'un veuf, et il semblait qu'elles caressaient les ombres des feuilles restées sur les branches comme des êtres vivants noirs et chuchotaient avec elles.

Quand Jong Jin-Woo fut peu à peu calmé, comme un enfant, il ne voulut pas se lever. Il sentait la chaleur douillette sous la couette. Cette chaleur du sol embrassait doucement son corps avec la couette d'ouate légère et moelleuse dont s'était occupée sa femme. Il avait envie de dormir profondément d'un sommeil d'aube mielleux en entendant le bruit dans la cuisine quand sa femme s'y trouvait. Mais la cuisine était calme et seules les ombres bougeaient invariablement.

Jong Jin-Woo avait mal à la tête et ne se sentait pas bien. Il ne savait pas si c'était parce qu'il avait mal dormi ou qu'il avait beaucoup de choses à faire au tribunal. Le procès civil d'aujourd'hui n'était pas très grave, mais les affaires criminelles étaient importantes. Parce que était poursuivi un conseiller du département de distribution d'électricité qui s'était servi exagérément d'une couette électrique qu'il avait inventée, en trompant la nation qui se devait de consommer avec modération. Ce n'était pas un citoyen ordinaire, mais quelqu'un qui gérait l'électricité de la ville, aussi ce genre de crime était-il plus grave. C'était un crime de prodigalité volontaire et de corruption en même temps. L'électricité est un patrimoine national invisible plus important que l'argent ou les objets précieux.

Beaucoup de gens allaient se présenter ce jourlà à la salle d'audience. On voulait auditionner les travailleurs et les parties intéressées de l'organisme civil, de l'usine et de l'entreprise qui avaient laissé faire cette prodigalité par erreur sans avoir peur de payer un dédommagement. Le directeur, en voyage d'affaires, avait ordonné aux juges responsables du secteur d'y participer et avait insisté auprès de Jong Jin-Woo pour qu'il s'en occupe sans faute.

Il était encore trop tôt, mais Jong Jin-Woo sortit du lit. Parce qu'il devait s'occuper des affaires de sa femme et il s'inquiétait pour la serre à légumes dans la chambre du fond. Il fallait qu'il s'occupe de chaque repiquage, qu'il observe et contrôle température et humidité, et note les changements de la nuit sur le journal.

Il faisait noir. Il n'y avait pas de lumière dans le ciel.

Il n'y avait que deux ou trois fenêtres allumées dans l'appartement d'en face, de l'autre côté du chemin.

Une maison où la femme est diligente… ou une maison où le chef de famille travaille tôt… Les maisons dont les fenêtres étaient encore noires n'étaient pas encore éveillées de la paix et de la tranquillité. La pensée, la création et le travail, ce sont les fenêtres qui respirent calmement à la naissance d'une nouvelle journée énergique.

Une, deux lumières s'allument. L'espoir, la joie, la recherche, l'amour de la vie… toutes les émotions et tous les projets commençaient. Les lumières étaient nombreuses. La conscience du travail et du devoir s'écoulait…

La fenêtre de la maison du tourneur Ri Sok-Chun serait-elle allumée ?… Le couple n'avait pas dû bien dormir. Sans doute. Soon-Hwi et Ho-Nam dans la chambre basse, Sok-Chun dans la chambre du fond. Comme leur maison est sans étage, le chauffage par le sol n'atteint pas la chambre du fond.

Jong Jin-Woo vit le couple de Sok-Chun sur le chemin du bureau.

Leur direction était la même, mais ils marchaient séparément. Soon-Hwi marchait devant, un col à dentelle sur la poitrine de son costume, élégamment maquillée, et une coiffure qui la faisait remarquer parmi les autres femmes. Sa façon de s'habiller, son visage calme semblaient habituels. Il était très difficile d'imaginer que cette femme avait un malheur dans sa vie. Comme elle avait beaucoup d'amour-propre, elle n'avait sans doute pas envie de laisser voir ses noirs soucis aux gens du quartier Kangan-dong.

Chai Soon-Hwi fit signe de la main à Ho-Nam de la suivre plus vite. Malgré la sommation de sa mère, Ho-Nam marchait lentement et prenait son temps. Il s'arrêtait par moments près des arbres au bord du chemin. La distance avec sa mère était de plus en plus grande. Mais Ho-Nam regardait surtout derrière lui, pas en direction de sa mère.

De l'autre côté, Ri Sok-Chun marchait tête baissée. Il marchait silencieux en regardant le pavage de pierres sans remonter ses cheveux tombés sur son front.

Son visage était noir et mélancolique. Son costume bleu foncé coupé dans une belle étoffe n'avait pas de plis, comme s'il n'avait pas été repassé depuis longtemps, et les genoux de son pantalon pochaient. Sa chemise à l'origine blanche semblait jaune. Comme si cela faisait longtemps qu'elle n'avait pas été lavée. Ses chaussures qui n'avaient pas été cirées n'avaient plus de forme, comme si elles étaient restées sous la pluie. Elles portaient difficilement un corps lourd et triste. Il ne savait même pas que son fils était à ses côtés.

— Père…

Ho-Nam l'appela.

Sok-Chun suspendit ses pas. En voyant son fils près d'un arbre, son regard vague reprit son énergie et son visage s'éclaircit.

— Toi, pourquoi… tu ne suis pas ta mère ?… Tu vas être en retard à l'école maternelle.

— J'y vais pas.

— Pas possible !… Alors, tu vas où ?

— A l'usine de Père…

— Ça, ce n'est pas possible.

Sur ces mots sévères, il arrangea le col du pull de son fils et ferma le premier bouton. Il le caressa en lui disant doucement quelque chose à voix basse.

— File vite à l'école maternelle… Et fais attention à toi devant le passage à niveau.

Ho-Nam hocha la tête à contrecœur.

Chai Soon-Hwi se retourna. Elle leva la main inconsciemment pour trouver son fils et, lorsqu'elle vit son mari, elle se détourna immédiatement. Le visage de cette femme douce devint glacé comme si elle avait reçu une douche froide.

Jong Jin-Woo marcha jusqu'au tribunal le cœur lourd. Parce que ses affaires avaient déjà commencé sur le chemin du travail.

Leurs vêtements, leurs visages, leurs actions ne montraient que trop ce qu'ils avaient vécu la veille au soir. La tension de ce couple semblait extrême. Comme ils avaient montré leurs plaies suppurantes, l'opération était sans doute inévitable, et ils envisageaient nettement la fin de la famille, un autre départ dans la vie. Eux, qui comprennent que les vociférations à cause du souvenir et de la souffrance dans la dissension familiale prennent une réalité évidente au tribunal, en tirent une conclusion définitive interdisant toute négociation. C'est pour cela qu'après avoir déposé une requête officielle au tribunal, le couple rejette le mince rayon d'affection, de regret et de doute, pour devenir des êtres froids dissimulant un cœur de glace.

Les jeunes en grand nombre emplissaient entièrement la rue, bousculant au passage Jong Jin-Woo. L'un des jeunes se tourna gêné vers lui, puis se replongea dans la conversation de son groupe.

Jong Jin-Woo n'était pas du tout en colère. Il lui sembla que le comportement enjoué, impoli et bruyant des jeunes avait fait s'envoler son humeur sombre.

*

Soon-Hwi suspendit ses pas.

Parce que Eun-Mi, cantatrice de la troupe artistique, était apparue avec son mari dans la rue entre deux immeubles.

Le mari de Eun-Mi était ingénieur à l'usine de mécanique Kangan. Il était ingénieur diplômé de l'université de l'usine. Une fille à peu près du même âge que Ho-Nam marchait entre eux en leur donnant la main, bavardant comme un oiseau. Chaque fois qu'elle souriait en regardant en haut vers son père et sa mère à tour de rôle, le ruban de fleurs rouges sur sa tête semblait brûler. Le large sourire de la petite refleurissait immédiatement sur les visages de Eun-Mi et de son mari. Celui-ci, vêtu d'un costume dont le pli du pantalon était comme le tranchant d'un couteau, portait une cravate et ses cheveux étaient pommadés et bien peignés. Avec son visage brillant, on aurait dit qu'il allait à une réunion, et non à l'usine. On voyait tout de suite à son expression que c'était un travailleur intellectuel…

Soon-Hwi se dit qu'il suffisait que la femme s'occupe juste un peu d'un homme de ce genre pour que son visage brille et qu'il soit capable de prendre en main son avenir. Soon-Hwi était jalouse de Eun-Mi. Eun-Mi chantait bien en chœur et elle aimait aussi son mari passionnément. Leur amour est fort et la famille est harmonieuse… Le visage de Soon-Hwi s'assombrit et son cœur s'attrista. Comme elle marchait toute seule, séparée de son mari et de son fils, elle sentit toute la différence avec cette famille, aussi se hâta-t-elle pour les éviter.

Mais Eun-Mi accourut en appelant Soon-Hwi. Après avoir observé son expression sombre, Eun-Mi la gronda à voix basse.

— Tu marches encore toute seule.

— …

— Tu es de très mauvaise humeur. Je voulais te féliciter…

— De quoi ?

— Du fait que le père de Ho-Nam a reçu le troisième prix à la fête de la Mécanique.

— Hum.

— Vous vous êtes disputés ?

— …

Soon-Hwi marcha en silence. Elle connaissait le bon caractère de Eun-Mi. Pour quelque raison, les autres chanteuses se tenaient à distance de Soon-Hwi, mais l'amitié vraie de Eun-Mi n'avait pas changé. Celle-ci connaissait parfaitement les soucis et les dissensions dans la famille de Soon-Hwi, pourtant elle n'en avait rien dit aux autres. Elle ne savait pas encore que Soon-Hwi était allée au tribunal. Soon-Hwi voulait lui en parler pour connaître son avis, mais elle craignait sa réaction sincère.

— Soon-Hwi, maintenant arrête. Si tu t'inquiètes comme ça dès le matin, comment vas-tu chanter ?…

— Je dois arrêter la scène… De toute façon, le chef adjoint va bientôt décider…

— Des mots. Qui te l'a dit ?… Tu ne t'intéresses probablement pas au chant… Tu vis dans l'ombre, c'est pour cela, tu entends ?…

— …

— Parle-moi franchement. Ton amour-propre ne viendrait-il pas du fait que ton mari est tourneur dans une usine et que tu le méprises ?… Si oui… si c'est à cause de ton sentiment de supériorité d'être une cantatrice populaire, tu as vraiment tort. Ce n'est pas correct. Soon-Hwi, ce n'est pas vrai, non ?… Juste un problème de caractères, non ?…

— …

Soon-Hwi ne répondit pas. Les propos de Eun-Mi étaient simples, clairs et poignants à la fois. Soon-Hwi avait réfléchi pour savoir si vraiment elle ignorait son mari à cause d'un sentiment de supériorité. Mais elle hocha la tête. Non. En tout cas, ça faisait dix ans qu'elle s'était occupée de son mari. Ce n'était donc pas le problème. Pourquoi une cantatrice sans importance ignorerait-elle un tourneur ? Maintenant, tout cela ne sert plus à rien… Soon-Hwi essaya de chasser ces pensées. Parce que, très honnêtement, elle ne pouvait pas dire qu'elle n'avait jamais eu ce genre d'idée.

— Domine-toi. Pense plutôt à Ho-Nam… Tu sais, le père de Yon-Hwa qui travaille dans la même usine que lui a une très bonne opinion du père de Ho-Nam.

— Tu me l'as déjà dit.

— Ecoute-moi encore. Ce n'est pas vrai que tu connais tout de ton mari parce que vous vivez sous le même toit… J'arrête de parler de ton mari.

Eun-Mi tourna la tête pour voir son mari approcher en tenant la main de sa fille, puis elle continua.

— Tu penses que le père de Yon-Hwa est calme et gentil à la maison ? Soit que son travail ne marche pas bien, soit que j'ai fait une erreur, soit qu'il ne supporte pas quelque chose, en tout cas il n'est pas calme. Il crie fort comme s'il frappait sur l'acier avec un marteau, *tang tang*. Il s'énerve et menace quand il boit. Dans ce cas, je me tais complètement et je me concentre sur mon travail. Parce qu'il est inutile de chercher la bagarre quand le ciel tonne. Avec le temps, le père de Yon-Hwa se calme tout seul…, et la maison redevient tranquille. Un instant après, nous discutons, aussi calmes que l'eau du ruisseau. Maintenant, même ce genre de scène est devenu rare… Je n'en suis pas fière. Je te raconte mon expérience pour t'aider. Tu me sembles de plus en plus irritée en ce moment.

— Tu ne sais rien, toi…

Soon-Hwi répondit sans réfléchir, mais son cœur souffrait. Elle était jalouse de Eun-Mi dont les problèmes de famille étaient si simples. Ce genre de problème ne lui semblait même pas un problème de famille. Ces disputes affectueuses étaient comme une pluie de printemps. Eun-Mi n'avait sans doute aucune expérience d'une dispute froide comme la glace, de mots aussi tranchants qu'un couteau.

Vers onze heures du matin, le jugement concernant le conseiller du département d'électricité urbaine avait été rendu. Les gens qui emplissaient la salle d'audience s'écoulaient par la porte du tribunal. Le parquet du couloir tremblait. Le pardon et la compassion, la loi sans négociation… l'instruction de l'affaire, l'enquête judiciaire, les gens du public, visages rougis, qui avaient ressenti de la peur et de la culpabilité à l'énoncé du verdict froid, traversèrent le couloir.

Il n'y avait que le bruit des toussotements et du sol en bois qui raisonnait, personne ne disait rien.

Peu de temps après que le juge Jong Jin-Woo fut rentré dans son bureau avec un gros dossier, la personne qui avait appelé la veille se présenta.

— Je viens du comité de technologie industrielle de la province.

L'homme qui se présentait d'une voix grave à la porte entra en déplaçant habilement son gros corps. Jong Jin-Woo leva son corps fatigué et tendit la main par-dessus le bureau.

— Je suis le juge Jong Jin-Woo.

— Je suis Chai Rim.

Jong Jin-Woo fut content que ce ne soit pas la personne qu'il avait fait divorcer. C'étaient seulement les mêmes nom et prénom. Si la personne qui avait montré son vrai visage six ans auparavant était revenue, de quoi aurait-il été mécontent ?

Chai Rim posa son corps lourd dans un fauteuil. Déboutonnant son col, il tira son nœud de cravate rayée pour dégager son cou. Il fit courir sur le bureau son regard curieux, en caressant son menton taché. Son visage n'était pas très ridé et il avait bonne mine. Sans doute parce qu'il était gros et rond. Ses cheveux frisaient légèrement sur son large front. Sa physionomie et son apparence ex-primaient une satisfaction de sa santé et de son poste. Il ne semblait pas avoir le moindre souci. Il se pouvait aussi que sa vie de famille soit heureuse. C'était ce qu'espérait le juge avec sa bienveillance professionnelle.

Quand Chai Rim comprit que le juge était prêt à l'écouter, il arbora un visage sérieux et ouvrit la bouche.

— Je suis venu ici… ce n'est pas pour vous déranger dans vos affaires de juge…

Il n'avait pas oublié leur conversation téléphonique.

— J'aimerais bien vous demander quelque chose, si possible… je veux être le porte-parole d'une partie intéressée au divorce et qui ne peut pas parler…

Chai Rim arborait un comportement modeste.

— Camarade président, est-ce que vous avez des liens de parenté avec Soon-Hwi ?

— Elle et moi nous sommes parents éloignés*. Mais comme nous n'avons pas d'autres parents dans la ville, elle me traite comme un cousin proche. Pourtant, j'ai toujours été très occupé et je ne l'ai pas beaucoup aidée. Je savais qu'il y avait beaucoup de disputes avec son mari et qu'elle était inquiète depuis des années… Mais j'ai fermé les yeux en espérant que les choses s'amélioreraient…

Jong Jin-Woo n'était pas du tout intéressé. Parce qu'il avait souvent vu ce genre de parent qui voulait se mêler des affaires des autres pour faire pencher la balance. Jong Jin-Woo ressentit une curiosité pressante. Chai Rim… Il ne pouvait pas oublier ce nom. Quelle femme a-t-il trouvé après son divorce ?… Le petit a bien grandi maintenant. Il a sans doute treize ans maintenant. S'il a une bonne belle-mère, sans doute est-il plein d'énergie…

* Parents de six *chŏn*, cousins au sixième degré.

— C'est pour cela… que j'ai décidé de m'occuper activement du problème de famille de Soon-Hwi.

Il semblait que les paroles de Chai Rim résonnaient au loin dans l'air. Jong Jin-Woo revit la salle d'audience, six années auparavant. La femme qui essuyait ses larmes sur ses joues couvertes de taches, clamant ardemment sa dignité de femme, la femme qui s'était sincèrement occupée de son mari en élevant ses enfants et les arbres dans son cœur douloureux, la petite fille qui suppliait de ne pas la séparer de son petit frère pour rester avec sa mère… Après le divorce, toutes ces choses sont hors d'atteinte du tribunal, mais pourquoi Jong Jin-Woo ne pouvait-il pas oublier cela ? Parce qu'il éprouvait une angoisse ? Le jugement de divorce n'était pas raisonnable ? Y avait-il des affaires non résolues, concernant le partage des biens ou l'éducation des enfants ?…

Jong Jin-Woo poussa un soupir et demanda.

— Camarade président… Vous pensez bien connaître le problème de famille chez Soon-Hwi… Comment cela est arrivé ? Qui a tort à votre avis ?

Chai Rim se redressa et il eut un sourire tranquille.

— Camarade juge, vous allez de temps en temps au spectacle ?

— Quelquefois.

— Vous avez vu un spectacle de Soon-Hwi ?

Jong Jin-Woo hocha la tête.

— Elle chante bien.

— Elle chante avec distinction.

Chai Rim corrigea l'estimation du juge.

— Avec sa voix de contralto, comme son timbre est clair et doux, que son lyrisme est riche, elle est remarquable par rapport aux autres chanteurs. Quand Soon-Hwi chante une chanson de notre pays sur scène, je suis plongé comme les autres spectateurs dans un sentiment d'amour pour notre pays maternel.

Chai Rim parlait avec aisance comme un critique musical.

— Camarade juge, la relation entre la famille et notre pays est directement proportionnelle, n'est-ce pas ? Réfléchissez... Une femme qui peut chanter passionnément une chanson de notre pays peut-elle causer des dissensions dans sa famille ? Elle ne pourrait pas toucher vraiment les spectateurs si elle confondait avec duplicité le vrai avec l'hypocrisie ou avec un sentiment abstrait.

Jong Jin-Woo était si étonné par la logique et l'analyse de Chai Rim qu'il resta bouche fermée.

— Soon-Hwi est une femme qui mène une vie aussi distinguée que la chanson. Son potentiel aussi est grand... Le problème vient de Sok-Chun. Il a provoqué la dissension familiale. Je n'ai jamais vu d'homme comme lui, ni énergique ni solide. Il y a un changement de génération dans son usine aussi, mais il se contente de rester simple tourneur, sans ambition ni espoir. Comme un arbre, il a enfoncé ses racines à un endroit, il ne bouge plus. Il aime rester à côté de sa femme, à la maison, quand on le rencontre il est très fade, comment une chanteuse pourrait-elle lui tenir le bras ?

— ...

— Après une longue attente, Soon-Hwi, pour modifier un peu la situation de son mari, lui a demandé d'aller à l'université, de changer de métier et d'habits... Au contraire, en faisant de gros yeux ronds, il a insulté sa femme en lui disant que sa vie à elle lui déplaisait ou qu'elle faisait preuve de vanité. Il n'a même pas bien assumé son rôle de chef de famille, mais il a voulu reprendre son pouvoir devant sa femme, ce n'était pas possible.

Jong Jin-Woo lui coupa la parole, trop chargée de préjugés à ses yeux.

— Moi aussi j'ai rencontré le camarade Sok-Chun.

— Ah bon ?… Il a dû tenir des propos incohérents pour prouver qu'il n'avait pas commis de fautes.

— A mon avis, il m'a parlé à cœur ouvert.

— Tout à fait. Bien sûr… Il faut dire la vérité devant le juge. Alors Sok-Chun a demandé le divorce ?

— Oui…

— Vraiment, tant mieux. Je m'inquiétais qu'il vous ait causé des ennuis.

Chai Rim sortit un paquet de cigarettes Eunbangul de sa poche. Il enleva habilement l'emballage rouge, plaça une cigarette dans sa bouche et poussa le paquet vers le juge.

Jong Jin-Woo poussa doucement un cendrier.

— Camarade juge, quand deux personnes sont d'accord pour divorcer, dans ce cas la solution est simple, non ?

Jong Jin-Woo coupa Chai Rim avec mécontentement, et dit avec sérieux :

— Je dois étudier plus avant la question de la famille de Soon-Hwi.

— Mais, camarade juge, vous les avez vus tous les deux… Pas besoin de vous casser la tête, non ? On peut prononcer très vite le divorce.

— Ne vous méprenez pas sur moi, camarade président. Notre tribunal du peuple ne traite pas légèrement le problème du divorce en se contentant de lire le dossier et d'écouter les propos des parties.

— Je connais l'équité de la loi.

— Ce que je vous dis ne concerne pas l'impartialité de la sentence, plutôt l'importance de la question du divorce demandé. Comme vous le savez bien… Un homme et une femme s'aiment et se marient librement. Mais quand ils fondent une famille, il leur faut s'inscrire à l'Institut de droit. La formation de la famille est garantie par la loi. Parce que chaque famille est une unité de la vie de la nation. Comment peut-on négliger la destruction de l'unité de la nation ?... Le problème du divorce n'est pas un problème privé, ni un problème administratif qui se résumerait à rompre ou non les relations entre époux. C'est un problème social et politique qui réside dans le destin de la famille en tant que cellule de la société, et dans la solidité de la grande famille de la société. C'est pour cela que notre tribunal le traite avec sérieux.

— Camarade juge, je connais bien la supériorité de notre code.

Chai Rim se leva en s'appuyant sur le bureau, l'air mécontent, et rajusta sa cravate en relevant le menton.

Jong Jin-Woo se leva.

— Je suis désolé, j'ai l'impression de vous avoir donné un cours. Ne le prenez pas mal. J'ai pensé que vous étiez aussi un travailleur chargé d'un bureau... Ce que j'ai voulu dire était destiné à éviter une position trop étroite concernant le cas de la famille de Soon-Hwi.

— Bon, dans ce cas, adoptons le point de vue de la nation. Je vous le dis franchement, chez ma cousine, ce n'est pas une famille, mais une pension. Manger dans la même cuisine, dormir séparément dans les deux pièces... C'est terrible. Si vous ne prononcez pas le divorce et s'il y a des remous dans le quartier, ils créeront des problèmes sociaux, à cause de l'adultère... De plus, cela peut prendre un tour explosif et conduire à quelque chose de regrettable. Gravez cela dans votre cœur.

— C'est une menace ? Ou bien vous voulez obtenir une garantie ?

— C'est le travail du tribunal que de prévenir les choses et de prendre des mesures, non ?

— N'attirez pas le malheur. S'il y a des preuves, e prononcerai le divorce. Prenez patience, s'il vous plaît.

Chai Rim, debout, reboutonna sa veste et tendit a main à Jong Jin-Woo. Cette poignée de main de politesse est en général le signe que la conversation est terminée. Chai Rim se dirigea vers la porte puis s'arrêta. Il ne pouvait sans doute pas avancer parce qu'il n'avait pas réussi à persuader le juge.

— Camarade juge…

Chai Rim continua d'une voix venue du cœur :

— Je vous en prie… trouvez une solution raisonnable à ce problème en évitant les obstacles juridiques.

Jong Jin-Woo lui adressa un sourire tranquille en se disant que tous les aspects rationnels sont inclus dans la loi. Il pensa que Chai Rim n'avait pas mal compris les liens entre la conception juridique et la rationalité, et il garda pour lui les particularités des problèmes familiaux de Soon-Hwi.

Le juge raccompagna Chai Rim jusqu'à l'escalier extérieur du bâtiment administratif.

7

Dans la journée, Jong Jin-Woo se rendit à l'usine de
mécanique Kangan après avoir rencontré le chef du
comité populaire de l'arrondissement de Soon-Hwi.

Les odeurs de l'huile de machine, de l'eau réfri
gérée et de l'acier se mêlaient dans les ateliers.

Les tours, les fraiseuses... plusieurs appareils
bleus alignés comme une *forêt de machines*, la
grue qui glissait au plafond avec un bruit alerte
et le fracas des presses d'où sortaient des formes
de métal résonnaient comme des tambours. Un
chariot élévateur chargé de matériaux cria derrière
Jong Jin-Woo. Il s'écarta. La jeune conductrice le
salua du regard et dirigea son chariot vers les frai
seuses. Un jeune travailleur portant un plan sauta
habilement sur le chariot. La conductrice leva tran
quillement le bras du chariot et menaça de pous
ser les matériaux et le plaisantin vers une grande
fraiseuse. Le plaisantin effrayé sauta et agita le
poing. Elle rit aux éclats.

Jong Jin-Woo sourit spontanément. Il se senti
léger d'être venu à l'usine où fleurissait la création
après avoir échappé aux dossiers qui assombris
saient son humeur.

Il rencontra le responsable de l'équipement, an
cien technicien de Sok-Chun.

Agé de plus de soixante ans, il était costaud e
avait l'air dynamique. Il échangea une poignée de

main énergique avec Jong Jin-Woo et le conduisit vers une chaise métallique à côté des boîtes à outils dans un coin de l'atelier de façonnage.

Le responsable de l'équipement ne bougea pas plus qu'un morceau de fonte pendant tout le temps où il fuma tout entière la cigarette que Jong Jin-Woo lui avait offerte. Son dos courbé, qu'il soit assis ou debout, montrait qu'il avait travaillé toute sa vie, et le juge éprouva du respect à son égard.

— Camarade juge… vous vous êtes déplacé vous-même jusqu'ici… je ne m'en sens que davantage responsable… Comme technicien, je n'ai pas de visage… Autrefois, je n'ai enseigné que le travail au tour à Sok-Chun… Comment on doit s'occuper de sa femme et de ses enfants, comment on doit vivre… je ne lui ai pas enseigné ce genre de chose. Il me semble que c'est se mêler des affaires privées… Comme je ne connais pas grand-chose…

— *Abai…*

Jong Jin-Woo, qui était au seuil de la cinquantaine, se dit qu'il était gênant de l'appeler *grand-père*. Mais il ne pouvait l'appeler officiellement *camarade*. Parce que dès l'instant où il avait rencontré ce vieux technicien dans l'histoire passée de Sok-Chun, il avait éprouvé un respect sincère à son égard et voulait se comporter modestement*.

— Je ne suis pas venu ici pour vous rendre responsable de la famille du camarade Sok-Chun ou

---

* Un peu moins marqué au Nord qu'au Sud, le système de politesse n'en reste pas moins rigide et complexe. Le mot "camarade" égalise un peu les relations. Néanmoins, ici, le juge pense que l'appellation passe-partout de "camarade" n'exprimerait pas assez le respect qu'il ressent pour cet homme et qui le pousse à se "rabaisser" devant lui. "Grand-père" incluant une notion d'âge doit être pris comme un terme honorifiant.

pour vous culpabiliser. Mais pour mieux com
prendre leur dissension familiale…

Tous deux restèrent assis dans un silence dou
loureux. C'était le malheur des autres, mais ils res
sentaient une douleur vive comme s'il s'agissait de
leur ou de celui de leurs enfants.

— *Abai*… que pensez-vous du camarade Sok
Chun ? demanda Jong Jin-Woo d'une voix douce

— C'est un bon gars. Il a bon cœur. Je ne dis
pas cela parce que c'était mon apprenti… Si on me
demandait de désigner le meilleur de tous mes ap
prentis, je choisirais le camarade Sok-Chun. Lorsqu'i
a commencé à apprendre le travail au tour avec du
duvet sous le nez, ou maintenant encore, le cama
rade Sok-Chun s'est collé à la machine comme un
gâteau gluant. Comme le travail au tour est toute
sa vie, il lui sacrifie son corps et son esprit. Certains
jeunes apprennent docilement au début, puis i
leur est de plus en plus difficile de continuer, et ils
s'arrangent pour changer discrètement de métier
D'autres veulent se servir de ce travail pour adhérer
au Parti, pour *évoluer* sans travail manuel, pour ob
tenir *une place*. Ce genre de jeunes que j'ai giflés
existe. Après avoir inscrit *travail* sur le CV, ils son
assez malhonnêtes pour trahir la machine dont le
pays leur a donné la charge et la confiance de leurs
collègues de travail. Ce sont des histoires anciennes
mais… je suis allé au comité du Parti de l'usine et
j'ai dit que je ne pouvais pas supporter ce genre de
types. Pour demander qu'on ne leur attribue pas
le titre sacré d'*élément de classe* avant d'avoir tra
vaillé au tour pendant au moins dix ans.

Le vieux tourneur redressa son visage ridé. Une
lueur de colère emplit ses yeux écrasés.

— J'ai dû parler du camarade Sok-Chun, mes
paroles ont dépassé… comprenez-moi. Dans notre
usine, dix ou vingt ans… Il y a beaucoup de gens

qui travaillent au tour avec persévérance. Mais quelques-uns de mes apprentis ont fait partie par hasard de ces voyous et c'est pour cela que j'ai honte de mes dernières années.

Le vieux tourneur responsable de l'équipement était agité. Ce n'était pourtant pas un vieux qui disait n'importe quoi en évitant d'entrer dans le vif du sujet. Dans ses paroles, son affection illimitée pour le métier de toute sa vie et sa diligence jaillissaient. Ainsi que son espoir que ses descendants vivraient de la même passion, sa forte répulsion envers l'impureté, son sens de la justice.

— Si je peux parler du camarade Sok-Chun...

Le responsable de l'équipement se rappela brusquement quelque chose, se leva de sa chaise métallique et ouvrit une boîte à outils placée à quelques pas devant lui.

Dans la boîte laquée de rouge, il y avait des clous aiguisés, une mèche, une boîte à huile, quantité d'outils différents. La boîte à outils appartenait d'évidence à quelqu'un d'assidu et de sérieux, profondément attaché à ses espoirs et à son travail.

— Quand le camarade Sok-Chun avait dix-huit ans... c'est la boîte qu'il a depuis qu'il a commencé à travailler seul comme tourneur. Ça fait presque vingt ans maintenant.

— !...

Jong Jin-Woo essaya de se remémorer la tenue et le visage du tourneur, Sok-Chun, qu'il avait croisé sur le chemin du travail le matin même.

Son costume non repassé, son pantalon gonflé aux genoux, sa chemise sale, ses chaussures non cirées depuis longtemps... Son visage triste, ses cheveux tombés sur le front... Sa boîte à outils contrastait par trop avec tout cela.

Jong Jin-Woo se dit que Sok-Chun n'avait pas encore perdu son attachement pour l'usine et pour son tour. Pourtant, il était difficile de continuer à vivre ainsi dans une famille malheureuse. Sans bonheur familial, comment éprouver du bonheur au travail ?... Il était possible que Sok-Chun travaille maintenant grâce à son habileté et à l'habitude et qu'il tourne avec ardeur pour échapper à la douleur de son conflit avec sa femme. Mais sa vie désordonnée était peut-être en train de ronger son esprit. Son apparence minable montrait qu'il oubliait de s'aimer lui-même. Il avait été une personne assidue par le passé, mais si on le laissait tomber, il pouvait sombrer.

— Camarade juge... vous voulez faire divorcer la femme du camarade Sok-Chun ?

Le vieil homme fit sortir Jong Jin-Woo de ses profondes réflexions.

— En fait... je ne sais pas encore. C'est pour cela que je suis venu vous voir.

Jong Jin-Woo lui avait répondu franchement.

Le vieil homme le regarda attentivement, comme s'il voulait lire dans son cœur.

— A vrai dire, je connais bien la femme du camarade Sok-Chun. Soon-Hwi a fait partie de mon équipe après son mariage et jusqu'à son entrée dans la troupe artistique. C'est une belle femme au caractère dynamique et elle est têtue. Elle chantait bien, mais le travail au tour ne lui plaisait pas beaucoup. Il manquait du dévouement à son caractère. A cette époque, je lui ai franchement donné des conseils, mais elle ne les a pas vraiment acceptés. Il semble qu'elle ne m'aimait pas... Alors je ne lui ai plus parlé. Je me suis dit que c'était une femme, je n'exigeais pas qu'elle travaille comme un garçon, et j'ai laissé tomber aussi parce que c'était la femme du camarade Sok-Chun qui était le meilleur tourneur de l'usine.

— …

— Des années plus tard, je suis allé chez lui à l'occasion d'un anniversaire de Ho-Nam, ou d'affaires, je ne sais plus. Je n'ai pas vraiment eu une bonne impression. J'ai pu comprendre ce qu'était leur vie ordinaire, tant l'atmosphère était froide. De plus, leur dissension a filtré par les voisins et elle est parvenue à mes oreilles. Les gens s'intéressent aux problèmes de famille des autres. En pesant mes mots, après avoir vu et senti, voilà ce que je pense. La femme de Sok-Chun est gonflée de vanité, sans aucun doute, depuis qu'elle s'est forgé trop facilement une réputation grâce à sa voix. Elle a commencé sa vie d'épouse comme tourneuse… Aujourd'hui, dix ans après, devenue une chanteuse de talent qui reçoit des éloges chaleureux, qui est reconnue dans la rue par les gens… elle a fait son *évolution*, mais son mari est toujours un tourneur vêtu d'huile sale. Comme elle est complètement imbue d'un sentiment de supériorité, son mari n'est plus rien à ses yeux. Puisqu'elle est froide et qu'elle fait des reproches à son mari, comment le camarade Sok-Chun pourrait-il rester calme ? Depuis toujours, il est entêté et droit, il est impossible qu'il plie devant sa femme. A ma connaissance, ils se sont même bagarrés plusieurs fois.

— …

— Le caractère au travail est la pierre angulaire de la qualité de l'homme. Ceux qui ne restent pas fermes sur ce principe changent et ignorent les gens qui ne connaissent que le travail. Je ne sais s'il est raisonnable de dire que la femme du camarade Sok-Chun est ce genre de personne, mais c'est ce que je pense.

Jong Jin-Woo écouta attentivement le vieux responsable de l'équipement. Comprenant les antagonismes dans la famille sur la base d'efforts sincères, il se dit que son jugement sur la valeur et la morale des gens était correct.

Pourtant Jong Jin-Woo ne voulait pas réduire Soon-Hwi à sa vanité. Une chanteuse peut bien faire preuve de vanité dans sa profession qui n'est pas celle d'un ouvrier. Les centaines de regards fixés sur la scène, le maquillage exagéré soulignant la beauté, les magnifiques costumes de scène, les lumières éblouissantes, les vifs applaudissements des spectateurs, les bouquets de fleurs... La chanteuse qui subit ce genre de situation inhérente à la vie d'artiste doit vraiment faire preuve d'une grande maîtrise de soi pour conserver un caractère sage et distingué dépourvu de la moindre vanité. Une chanteuse doit faire de véritables efforts artistiques pour communiquer le sentiment idéologique du prolétariat dans les textes et les mélodies de ses chansons.

Jong Jin-Woo avait gravé en lui les propos de Chai Rim qui appréciait positivement la valeur de Soon-Hwi en établissant une relation entre le pays et la famille. S'il n'avait pas considéré comme absolue l'influence aliénante de la chanson sur l'esprit de la chanteuse, son analyse aurait pu être raisonnable.

Alors la vanité de Soon-Hwi était-elle mauvaise qualitativement ?... Cette femme ne semblait pas reprocher à son mari d'être tourneur. Peut-être que son mari mène une vie ennuyeuse et sans le moindre changement depuis dix ans... L'intelligence et les rêves de Sok-Chun semblaient être au même niveau qu'au moment du mariage et même stagner. Pourtant, Sok-Chun révélait son amour-propre à travers sa satisfaction pour sa vie. De plus, tout en dressant solidement la haie de la sincérité, il accuse sa femme... Ce genre de tension a sans doute causé le sentiment de supériorité de Soon-Hwi et sa déception. Cela semblait être le point principal de friction.

Sok-Chun est un homme jeune d'une trentaine d'années qui a des espoirs, des souhaits et un avenir. Il n'est pas de la génération d'*Abai* le technicien qui vit en harmonie avec sa femme âgée grâce à l'intelligence et à la technique. La sincérité au travail est peut-être la base du bonheur dans la famille, mais elle ne peut pas être tout. Montrer son affection en dehors du travail est le socle de bien des domaines de la vie de l'esprit.

— Quoi qu'on en dise, c'est le talent de Sok-Chun qui est précieux.

Le responsable de l'équipement continua à parler comme s'il soupirait.

— Sa femme à la maison agit de cette façon… Du coup… tout est très compliqué dans sa tête, comment peut-il créer correctement ? C'est la même chose pour les autres, mais surtout pour un technicien ou un ingénieur, on ne peut tailler, créer et inventer des objets qu'une fois qu'il n'y a plus de problème et d'inquiétude pour la vie quotidienne.

— Le camarade Sok-Chun a réussi à créer un appareil, n'est-ce pas ?

— Vous voulez parler de son classement comme troisième à la fête de la Mécanique ?… Il a sacrifié son temps. Cela lui a pris cinq années… Camarade juge, avez-vous entendu dire quelque chose concernant cette machine ?

— Non. Seulement qu'il a réussi…

— Dans ce cas, il est inutile d'en parler. C'est cela qui me met en colère.

— Pourquoi donc ?

— A cause de l'injustice du comité de technologie industrielle.

Le responsable de l'équipement changea de sujet en écrasant le mégot sous son pied avec mécontentement.

— Il n'y a pas que cette machine, il y a aussi un appareil pour lequel le camarade Sok-Chun a lutté pendant des années.

Il conduisit Jong Jin-Woo vers la chaîne d'assemblage.

Il y avait là une création de Sok-Chun, posée tristement dans la poussière. La moitié supérieure de la machine en forme de tour était démontée et les morceaux éparpillés tout autour. Les pièces étaient rouillées.

— Il y a quelques jours, j'ai donné un conseil à Sok-Chun : Au lieu de rester comme des légumes couverts de givre, terminons cette machine. Même si l'évaluation a été mauvaise, il ne faut pas interrompre le processus.

Le responsable de l'équipement prit un chiffon et commença à épousseter énergétiquement la machine.

Jong Jin-Woo trouva aussi un chiffon et nettoya sans rien dire la partie haute démontée. L'huile sale se colla à ses mains. De temps à autre, lorsque la paume de sa main touchait une partie en métal, il sentait le froid.

— Arrêtez. Vous allez vous salir.

Le responsable de l'équipement lui parla d'une voix brusque, comme s'il était en colère à cause de lui.

Mais Jong Jin-Woo ne le prit pas mal. Il avait plutôt envie de le remercier. Parce qu'il lui semblait commencer à saisir un fil nouveau du problème du divorce chez Soon-Hwi. Pourquoi le jour où le camarade Sok-Chun avait reçu un prix grâce à son invention leur dissension s'était-elle aggravée ?… Jong Jin-Woo demanda modestement :

— Technicien *Abai*, dites-m'en un peu plus. Comment le comité de technologie industrielle a-t-il estimé la machine de Sok-Chun ?

— …

Le responsable de l'équipement regarda Jong Jin-Woo avec un air mécontent. Il semblait se demander pourquoi le juge avait besoin d'en savoir plus sur la question de l'appréciation de l'invention au lieu du problème du divorce.

— Expliquez-moi, s'il vous plaît.

Jong Jin-Woo ne renonçait pas. La mine du responsable de l'équipement s'adoucit, sans doute parce qu'il était touché par l'attitude du juge, sérieuse, dépourvue d'intérêt ou de curiosité. Il finit de nettoyer les taches d'huile collées à ses mains avec un chiffon et conduisit Jong Jin-Woo vers un coin de la chaîne.

— Camarade juge, regardez d'abord ceci.

Le responsable de l'équipement ouvrit une grande boîte, trois fois plus grande qu'une caisse à outils.

— On ne peut pas voir sa réalisation, car la machine de démonstration n'a pas encore été apportée, mais on peut imaginer à quel point il a été difficile de la fabriquer. Cette caisse a été élaborée par le bureau pour Sok-Chun et son nom est "caisse d'invention".

La boîte était divisée en deux, et il y avait cinq compartiments de chaque côté. Chaque compartiment était complètement rempli d'outils qu'on ne trouvait pas dans les autres boîtes. Beaucoup n'avaient pas été nettoyés.

Le responsable de l'équipement retira un gros paquet de plans glissés sous le compartiment inférieur de la caisse. Les lignes et les chiffres des plans de différentes tailles imbibés d'huile et décolorés étaient presque illisibles.

— Tout cela, c'est ce que Sok-Chun a dessiné il y a des années. Les plans complets de ces derniers temps sont tous à la section technique. Lorsqu'il échouait, il recommençait à dessiner, et si cela ne suffisait pas, il redessinait et fabriquait encore… Impossible de compter combien de fois. Si on additionne tous les plans dessinés par Sok-Chun, il y en a peut-être plusieurs centaines. Vous pouvez imaginer combien ça fait de pièces détachées ratées. Sok-Chun a remboursé de lui-même une partie des alliages dépensés.

Jong Jin-Woo rangea un par un les plans en désordre et froissés avec le responsable de l'équipement et les entassa au fond de la caisse en métal. Son cœur battait malgré lui. D'innombrables plans et pièces détachées… Ses efforts si pénibles et les traces de ses essais étaient visibles sur les pièces abandonnées, et il ne pouvait ignorer ces marques de souci et de désespoir. Sans recevoir d'amour de sa femme, supportant le souci moral de leurs dissensions, comment imaginer les énormes efforts consentis avec le nombre de plans et de pièces détachées ?

— Les gouttes d'eau érodent le rocher en tombant, et le fer aiguisé peut devenir aiguille. Le bonheur vient après la peine. Quand la machine a commencé à couper des objets, tout a bien marché. J'ai vu que Sok-Chun, si entêté et silencieux, avait d'un coup les larmes aux yeux. Je ne sais si le camarade juge connaît, en fait, le bonheur que peut procurer la création à celui qui en est l'auteur. Il y a une grande différence d'émotion entre le passant qui regarde des champs et des rizières mûres jaunes et l'agriculteur qui a fait le travail. Moi aussi, quand j'étais jeune, j'ai fait plusieurs inventions… En temps ordinaire, on ne ressent pas ce genre d'émotion. Autrefois, j'étais si heureux que j'en parlais à ma femme dès que je rentrais à la maison, et elle souriait en disant *Allons donc, rien n'est comparable au sentiment de bonheur d'une femme qui vient d'accoucher.* Je ne peux pas comparer une invention métallique avec la naissance d'un être humain, mais, dans ces moments-là, des larmes me venaient aux yeux.

Jong Jin-Woo se rappela son émotion lorsqu'il avait porté le manuscrit de sa thèse chez l'éditeur et il sourit de contentement.

— Camarade juge, avec un calcul élémentaire, même si l'on tient compte de son caractère rudimentaire, cette machine apporte un profit de plusieurs dizaines de milliers de wons au gouvernement grâce aux économies en matériaux, et elle garantit un grand degré de précision, de vitesse de découpe et d'efficacité de production. Sans compter l'économie de main-d'œuvre et le confort au travail. Les ingénieurs des autres usines sont venus et ont fortement insisté pour voir les plans en disant que le fonctionnement de cette machine était extraordinaire… Mais le comité de technologie industrielle de la province…

Le responsable de l'équipement referma la caisse d'invention en métal. Et il soupira de douleur. Son visage doux se durcit petit à petit. Les rides entre ses sourcils se creusèrent comme des sillons dans les champs et une lueur de colère devant le déni de justice passa.

— Comment est-ce possible ?… Vraiment, on lui a donné un vase à fleurs en céramique et un certificat pour son invention.

— ?!…

— Le camarade Sok-Chun, désintéressé et modeste, les a reçus avec fierté. Moi aussi, j'ai vu ce vase en céramique. Il n'avait pas été fait spécialement pour les inventeurs, c'était une chose ordinaire qu'on peut acheter dans n'importe quel grand magasin. Comme ils ont négligé les efforts des travailleurs ! Quand j'ai téléphoné par indignation au comité de technologie industrielle, le président a dit que tous les projets primés pendant cette fête avaient reçu un certificat d'invention et que le comité avait distribué les prix équitablement, alors il m'a demandé de ne pas me plaindre. J'étais si triste que j'ai coupé la conversation. Sok-Chun me l'a reproché. Mais il n'est pas idiot non plus.

— …

— C'est lamentable. Camarade juge, cela ne concerne pas que le camarade Sok-Chun. Des techniciens et des ingénieurs de l'usine ont été témoins des efforts et des sacrifices de nombreuses années de Sok-Chun et ils l'ont aidé, que doivent-ils penser ?… Les autres inventions de différentes usines ont aussi été traitées de la même manière, l'influence est énorme… Evidemment, les gens ne se consacrent pas aux inventions pour la récompense… Mais je parle franchement parce que je suis de la vieille génération de l'usine. Les gens qui font la richesse de la nation… il faut étudier honnêtement et respecter les efforts des techniciens et des ingénieurs. Il faut estimer objectivement leur dur labeur et leurs douloureux efforts de recherche. Il faut apprécier les personnalités en fonction de la valeur de leurs efforts. Sinon, des voyous qui mangent le travail des autres apparaîtront. Quand on regarde ce genre de parasites, ils n'ont pas spécialement de technique ni de talent pour contribuer à la société et à la nation. Ils vivent leur longue vie avec leur intuition, leur habileté et leur talent de lèche-bottes. Comme l'époque progresse, contrairement à l'époque passée des voyous, ils se dissimulent mystérieusement en utilisant plusieurs couleurs de protection. Il faut faire une claire distinction entre ce genre de gens et ceux qui se donnent véritablement de la peine, et établir une distance avec eux. Dans le récipient appelé "collectivité", il faut apprécier le poids exact de chacun avec une balance, même si les apparences sont les mêmes.

Le responsable de l'équipement toussa fortement. Son visage devint rouge comme le feu à cause de son agitation et de sa toux sans fin. Un vaisseau tendu apparut sur sa tempe. Après avoir frotté un bon moment sa poitrine, il se calma et releva la tête.

— Camarade juge… je pense que j'ai prononcé trop de paroles inutiles. Je ne sais pas me concentrer sur un sujet. Comme mes propos ont jailli sous le coup de mes émotions, je n'ai pas pu vous aider beaucoup.

— Non, ce n'est pas vrai. Technicien *Abai*, vous m'avez touché.

Jong Jin-Woo le regarda avec respect, lui qui avait le sens de la justice de la vieille génération et la conscience de ses devoirs. Pour lui, les rides de son visage de personne âgée n'étaient pas que les traces du temps. Il se dit que ses rides étaient un symbole vivant de soutien au Parti avec ses efforts pénibles de toute une vie, dans la sincérité. La personne âgée qui voulait dénoncer impitoyablement les injustices de la société s'était mise en colère et se battait. C'était une conscience sociale distinguée et un esprit de parti raffiné. Grâce aux millions de gens comme lui, qui ont confiance et jugement, l'ambiance morale de la société est saine et l'injustice est repoussée du pied comme du bois pourri. Les parasites cachés, les caméléons, les pique-assiettes et les voyous ne peuvent pas devenir des criminels qui nuisent aux intérêts de la nation, de la société et du peuple. C'était pour cela qu'il fallait se saisir le plus rapidement possible des germes noirs qui peuvent mettre la société en danger.

Jong Jin-Woo découvrait que ce n'était plus un problème de germes, mais un grand arbre avec des branches s'étalant pour répandre de l'ombre sur la société. Le pays n'apprécie pas les efforts des inventeurs. Le comité provincial de technologie industrielle ou un autre… S'il a détourné la récompense de leurs efforts, s'il a prélevé une part pour l'utiliser ailleurs… c'est un acte illégal qui empiète sur le fruit du travail des citoyens. Si un individu y a touché, c'est une escroquerie. De plus, ce genre d'acte porte atteinte aux relations sociales qui sont liées à l'évolution technique… Jong Jin-Woo arrêta ses supputations. Les faits véridiques n'étaient pas suffisants pour tirer une conclusion, et il ne pouvait être objectif. Il ne pouvait rien conclure en écoutant seulement le technicien *Abai*. Il me faut rencontrer Sok-Chun, l'inventeur, les fonctionnaires du comité provincial et il me faut aussi une expertise scientifique sur les capacités, l'intérêt et le prix de revient de cette invention.

Le vieux technicien demanda :

— Camarade juge, on m'a dit que vous aviez déjà rencontré Sok-Chun.

— Oui… mais je vais le rencontrer encore.

— Dans ce cas, allons à la section de fonte. Parce que Sok-Chun sera au fourneau à cause d'une pièce de connexion.

Ils se dirigèrent par l'allée intérieure de l'usine bordée d'arbres après avoir franchi le portail en fer.

Un jeune fondeur, portant un casque de travers, une main dans la poche, s'approchait lentement sur l'allée.

Dès qu'il fut près, le responsable de l'équipement l'arrêta et lui parla sévèrement.

— C'est toujours la même chose. Mets ton casque droit. On dirait que tu es maquillé de noir ! Comme si tu travaillais seul…

Le jeune ouvrier corrigea en hâte sa tenue sans se plaindre.

— Le camarade Sok-Chun est à la fonderie ? lui demanda le responsable de l'équipement.

— Il a travaillé avec moi dans la matinée et il est allé ensuite dans un autre atelier pour une histoire de sable.

— A cause d'une mauvaise qualité de sable ?

— Le cou-de-cigogne s'est fissuré en deux endroits et des bulles d'air se sont formées, lui répondit doucement le fondeur.

Le responsable de l'équipement se retourna vers Jong Jin-Woo avec un regard interrogateur. Jong Jin-Woo demanda au jeune ouvrier de faire venir Sok-Chun au tribunal lorsqu'il reviendrait. Il quitta le responsable de l'équipement et se dirigea vers la section technique de l'usine.

Jong Jin-Woo fut très occupé ce jour-là. Comme une affaire était née au cours de son enquête sur le divorce, il ne pouvait pas demander à un autre organisme de dégager la vérité et le caractère criminel de l'acte.

8

Le juge Jong Jin-Woo, le lendemain matin aussi se rendit au comité départemental de technique industrielle, et il eut une conversation avec des fonctionnaires. Il ne rentra au tribunal qu'une fois le soleil assez bas. Il n'avait pas rencontré Chai Rim, car il était en voyage d'affaires. Il lui semblait pouvoir clarifier certains aspects de cette affaire soit en allant au comité, soit en convoquant Chai Rim au tribunal. Il pouvait éclaircir la vérité sur la question de l'estimation faite par le comité provincial avec ce qu'il avait déjà trouvé.

Mais il fallait qu'il rencontre le responsable, Chai Rim, qui avait organisé, décidé et réalisé l'estimation injuste, pour comprendre les aspects subjectifs de l'affaire. Etait-ce une intention ? une erreur ou un malentendu ?... Il pourrait défendre en personne la validité de son acte parce qu'il avait agi au nom du comité ?... Jong Jin-Woo essaya de se rappeler Chai Rim, qui était venu quelques jours plus tôt au tribunal. Sa conscience, son niveau de logique, sa capacité de jugement sur les phénomènes sociaux étaient assez élevés. Et il était diplômé de technologie et ne pouvait pas ignorer la valeur économique d'une invention. Quels que soient ses prétextes, il ne pourrait s'agir ni d'une erreur ni d'un malentendu. Chai Rim, à propos d'estimation, n'était pas un travailleur incapable d'analyse ou de savoir si ses actes étaient nocifs aux relations sociales et ainsi nuire en quelque sorte aux intérêts des citoyens.

Jong Jin-Woo plongea son visage dans ses mains, les coudes sur son bureau. Rougi par l'agitation, son visage était chaud. C'était la colère due à l'enquête. Il n'avait rencontré personne qui pouvait mettre à jour la subjectivité des actes, mais son jugement prenait forme, grâce à des renseignements objectifs, à ses sentiments et à sa conscience juridique.

Jong Jin-Woo trouvait qu'il lui était difficile de se contrôler, même s'il savait parfaitement que hâter les conclusions en se laissant aller à l'agitation et au sentiment lui était interdit. Dès qu'il saisissait l'illégalité d'un acte en enquêtant sur une affaire, sans qu'il s'en rende compte, sa conscience de citoyen, son jugement fidèle à l'esprit du Parti latents dans son cœur de travailleur juridique jaillissaient. Généralement, cette conscience de citoyen et ce sens du parti débouchaient sur un jugement correct et la solution du problème, mais parfois ils étaient trop forts et jetaient de l'ombre sur la pratique froide du travailleur juridique.

Prenant lentement le combiné, Jong Jin-Woo fit tourner le cadran du téléphone.

— La troupe artistique provinciale ?… Bonjour. Je suis Jong Jin-Woo, juge au tribunal populaire civil.

— Je suis le directeur adjoint de la troupe.

La communication était si bonne qu'il l'aurait cru à côté de lui. Il fut facile de rencontrer le président du comité de l'union du travail, parce que le directeur adjoint de la troupe cumulait ses fonctions avec celles de président du comité de l'union du travail.

— Directeur adjoint, dans l'après-midi… vous serez au bureau vers trois ou quatre heures ?

— Oui… Pourquoi donc ?

— J'aimerais discuter avec vous à propos du problème familial de la camarade Chai Soon-Hwi

— Ah… Dans ce cas, ce n'est pas la peine de venir ici. C'est moi qui irai au tribunal. J'ai quelque chose à faire là-bas cet après-midi.

— Merci. Je vous attends.

Jong Jin-Woo reposa le téléphone. Il pensa que ce serait une bonne idée de rencontrer le président du comité de la troupe artistique. C'était une partie du travail pratique du tribunal de notifier les dossiers à chaque organisation concernée, pour prendre des mesures éducatives concernant les gens qui demandent le divorce sans raison juridique. Mais Jong Jin-Woo ne rédigea pas de dossier de notification sur Chai Soon-Hwi. Car il pensait qu'il n'avait pas encore compris complètement le profil intellectuel et spirituel de cette femme.

Le profil des personnes impliquées dans une enquête pratique de divorce était important. L'amour l'intelligence aussi, les buts aussi sont fondés sur les pensées de chacun. Si le monde sentimental de Soon-Hwi, en tenant compte des exigences de l'époque, était raffiné mais ses pensées peu claires il lui fallait encore creuser certains points. S'il était avéré que ses sentiments manquaient de substance véritable et que ses buts étaient vagues, son jugement de valeur concernant son mari ouvrier ne pouvait être correct.

Quelqu'un frappa prudemment à la porte.

— Entrez, répondit Jong Jin-Woo.

Le tourneur Ri Sok-Chun, debout indécis sur le seuil, enleva sa casquette. Répondant à l'invite chaleureuse du juge, il s'approcha du bureau. Il déposa poliment sa casquette au bord du bureau, prit une chaise et s'assit.

— Je suis désolé de vous faire venir encore une fois.

— Ce n'est rien…

Le visage de Sok-Chun, gêné et désolé, était lourd de tension. Puisqu'il était venu jusque-là, il semblait prêt à répondre à toutes les questions du juge.

— Bon, vous avez trouvé du sable pour la fonte ?

— Oui, j'en ai rapporté un peu… mais la qualité n'est pas bonne.

— On ne peut pas utiliser le sable de la rivière en face ?

— Je ne sais pas trop… Il faut trouver du sable de Sokyong, mais on me dit qu'il n'y a que quelques endroits dans les ports de l'est où on peut en trouver.

— C'est un vrai casse-tête… Qu'est-ce que c'était ?… Comme le cou-de-cigogne…

Sok-Chun sourit largement.

— C'est le socle de connexion.

— Oui, c'est ça. Le technicien *Abai* s'inquiète aussi à propos de cela. Vous ne le savez peut-être pas. Le sable de la rivière d'en face est très différent en qualité à chaque méandre.

— Camarade juge, ne vous inquiétez pas. Je vais en trouver.

— Vous avez du courage. En tout cas, ne laissez pas tomber votre projet de création et continuez à avancer. Si vous reculez dans ce domaine, ce serait comme perdre votre vie entière…

Jong Jin-Woo laissa passer un bon moment et continua.

— Je vous ai demandé de venir ici… parce que j'aimerais que vous me racontiez l'histoire que vous n'avez pas terminée chez moi le jour où il a plu. Vous pensez certainement que vous m'avez raconté les grandes lignes, mais cela ne me suffit pas pour juger officiellement. Par exemple… votre motivation concrète pour venir au tribunal ? Vous ne me l'avez jamais dite. Bien sûr, vous m'avez raconté différentes choses entre vous et votre femme concernant votre passé, qui m'ont permis d'avoir quelques lueurs sur votre problème familial. Mais ce que vous souhaitez… La camarade Soon-Hwi aussi a souffert de vos dissensions en souhaitant le succès de la machine. Mais comment se fait-il que le jour où vous avez reçu le certificat d'invention et le prix était aussi celui de votre dispute familiale la plus violente ? Est-il vrai que vous vous êtes disputés à cause de cette récompense ?

Ri Sok-Chun respira longuement et répondit :

— Nous nous sommes disputés. Non, pas disputés, battus plutôt… Le soir où je suis rentré à la maison avec le certificat et le vase à fleurs en céramique, mon fils a parlé avec fierté de ce que je rapportais à sa mère. Ma femme n'a rien dit. Nous nous sommes assis silencieusement autour de la table du dîner…

… Après le dîner, Ho-Nam au lieu de s'amuser pour une fois dormait sur la partie la plus chaude du sol, et les deux époux étaient restés silencieux. Sok-Chun, qui avait reçu son prix sous les applaudissements, était discrètement agité, mais sa joie se refroidit puisque sa femme ne montrait aucune réaction. Il ne voulut pas montrer son cœur à sa femme comme d'habitude et il ne lui dit pas non plus que sa machine avait bien marché. Comme toujours, lier son cœur à l'émotion de sa femme était plus difficile que de créer une nouvelle machine, et, même s'il y avait mis toute son énergie, la machine ne marchait pas, et, sans pour autant casser, elle faisait un bruit assourdissant. Dans ce cas, malgré la souffrance, mieux valait subir ce silence glacé en attendant de dormir. Sok-Chun avait ouvert le mode d'emploi et il le regardait. Les chiffres et les lignes, les graphiques et les dessins originaux chauffèrent son cœur rude comme s'il était assis dans une prairie un jour d'été. Cette chaleur venue de la recherche remplaça dans son cœur l'amour de sa femme. C'était peut-être pour cela qu'il ne trouvait pas difficile d'étudier dans la solitude. Pour se consoler pendant la longue nuit où il ne pouvait dormir allongé dans son lit.

Soon-Hwi s'approcha de lui. Les bras croisés sur sa poitrine, elle s'arrêta agressivement à côté du bureau. Il semblait qu'elle allait en finir avec le silence douloureux de la vie chaque soir. D'habitude, elle n'avait aucun prétexte, mais, ce soir-là, elle semblait avoir une excuse. Soon-Hwi saisit bruyamment le certificat d'invention sur le bureau et le regarda négligemment avant de le reposer à la même place. Elle attrapa le vase à fleurs en céramique avec un sourire presque méprisant. La dédicace fermement tracée à l'extérieur l'irrita encore davantage. Elle le reposa si violemment sur le bureau qu'il trembla dangereusement avant de se stabiliser.

Sok-Chun leva la tête avec un regard mécontent.

Soon-Hwi demanda calmement, en croisant les bras :

— Ce genre de chose… Vous avez fait tous ces efforts pour obtenir ça ?

— Vous souhaitiez quelque chose de mieux ?

— Ce n'est pas possible que notre pays vous donne une chose pareille. Pourquoi restez-vous assis là comme un bouddha sans recevoir la récompense que vous méritiez ?

— Que souhaitiez-vous recevoir ? Du tissu pour faire un costume ? Une télévision ?

— Il y a aussi une médaille. Un article dans un journal…

Le véritable souhait de Soon-Hwi transparaissait dans son ton moqueur.

— Vous avez trop rêvé.

Jetant ces mots méprisants, il mit une cigarette à la bouche. Le visage de Soon-Hwi rougit sous l'insulte et elle leva le ton.

— Pouvoir inviter des amis autour d'une table d'alcool avec le montant du prix, ce serait mal ? Et vous êtes toujours sans énergie parce que vous n'arrivez pas à réaliser votre invention. Pensez-vous que la maison s'écroulerait si vous receviez quelque chose de remarquable, si votre situation s'améliorait à cette occasion ?

— Ne vous en mêlez pas comme une idiote. Quand on a réussi à contribuer à l'évolution technique de son pays grâce à une invention, il y a de quoi être satisfait !… Est-il vraiment nécessaire que je paraisse dans les journaux ou que je reçoive un prix ou une médaille ! Il faut que vous sachiez que la fierté discrète est plus distinguée que l'honneur ou l'argent.

Soon-Hwi resta muette de stupeur pendant un bon moment. Sa vexation et son oppression jaillirent comme de la lave, mais elle ne trouvait pas encore les mots pour le contredire.

— En tout cas… vous êtes borné.

— Quoi ?!…

Le souffle rude de Sok-Chun et la fumée emplirent l'espace tendu entre eux deux.

— Pour qui tu me prends ? Bon sang ! Tu peux insulter ton mari, mais… pas le fruit de mes efforts… Tu ne peux pas mettre en cause mon but sacré !

— Arrêtons-nous. Je ne peux plus vivre avec vous.

— Arrête. Je ne te supplie pas. Minable… Dégage !

Soon-Hwi frappa violemment le bureau avec le poing. Du coup, le vase de céramique trembla, tomba sur le sol et se cassa. Ho-Nam, réveillé, se mit à pleurer.

— Camarade juge… Finalement, c'était la répétition des crises du passé. Cela a dépassé les bornes pour atteindre le sommet. Mais c'était notre dernière dispute. Maintenant, on va se quitter. Camarade juge, je vous en prie…

Sok-Chun serra ses deux mains et les pétrit fortement. On entendait le bruit sourd de ses articulations qui craquaient. Il voulait le divorce autant que Soon-Hwi.

Jong Jin-Woo répondit d'une voix basse mais sévère :

— Divorcer… ou pas, c'est la loi qui décide. Comme je n'ai pas beaucoup de temps, je vais juste vous poser quelques questions… Camarade Sok-Chun, vous pensez que votre femme, qui a toujours chanté avec modestie au comité artistique de l'usine, fait maintenant preuve de vanité et d'un sentiment de supériorité… Vous confirmez que c'est bien la faute originelle de votre femme, vous pouvez me donner un exemple précis ?

— …

— Elle s'habille trop luxueusement, elle vous regarde de haut, vous qui vous habillez de façon simple et démodée ?

— …

— Pendant que vous exprimez votre affection à la maison en assumant votre rôle de chef de famille, elle vous méprise en vous reprochant de ne pas aller à l'université de l'usine ?

— …

— Rentrez chez vous et réfléchissez. Où est la vanité dans ce que votre femme vous reproche ?… Ne restez pas dans le cadre de votre famille, et pensez à la demande sociale. Et puis… camarade, vous avez vécu sans le véritable amour de la camarade

165

Soon-Hwi… Vous êtes-vous demandé pourquoi ?
Vous l'avez aimée de la même façon depuis que
vous êtes tombé amoureux d'elle et le début de
votre mariage, mais pourquoi votre femme pense-
t-elle que l'amour a disparu ? C'est aussi à cause
de sa vanité si elle méprise son mari tourneur ?…
Je pense que les deux questions sont liées.

— …

Ri Sok-Chun resta un moment assis tête baissée,
puis il se leva. Il prit sa casquette sur le bord du
bureau et il l'enfonça. Il regarda le juge d'un air
sombre comme pour lui demander l'autorisation
de partir. Jong Jin-Woo tendit la main pour saisir
la sienne.

— Je viendrai à l'usine dans quelques jours.
Vous me répondrez à ce moment-là.

9

Soon-Hwi, seule, appuyée contre un poteau de la
salle de spectacle, regardait à l'extérieur.

La salle était calme. Le son d'une chanson qui
venait de loin, de la salle de répétition au deuxième
étage, la dérangeait, mais il n'y avait pas d'endroit
pour l'éviter.

Par le mur en verre de la salle, un pan de la vie
extérieure était ouvert. Un groupe de petits sur la
place vide derrière le théâtre jouait au ballon. Ils
avaient l'air du même âge que Ho-Nam. Lorsqu'elle
les regarda attentivement, tous lui semblèrent fa-
miliers. Ils étaient tous dans la classe supérieure.
Ils avaient sans doute déjà fini l'école maternelle.
Les enfants fondaient comme une masse d'oiseaux
sur le ballon en caoutchouc violet. Leurs cris à en
déchirer le ciel bleu et calme se blottirent dans le
cœur de Soon-Hwi.

Pourtant, même en regardant attentivement, elle
ne vit pas Ho-Nam. Où était-il allé avec son sac à
dos ?… Il ne jouait sans doute plus avec ses amis…
Il est peut-être comme moi, quelque part, tout
seul ?… C'est vrai qu'en ce moment elle ne voyait
plus ni son comportement d'enfant gâté, ni ses jeux,
ni son sourire. En pensant que la dissension familiale avait jeté une ombre profonde et laissé une
blessure dans le cœur de son fils, elle eut envie
d'éclater en larmes. Lorsqu'elle se disputait avec

son mari, elle était ennuyée pour son fils et elle le laissait toujours jouer à sa guise. De plus, le caractère de cet enfant ressemblait à celui de son père et il était davantage de son côté, ce qui ne plaisait pas à Soon-Hwi. C'était pour cette raison qu'elle n'avait pas vraiment pris soin de lui. Mais depuis qu'elle était revenue du tribunal, son cœur était devenu particulièrement sensible et son amour maternel s'était fortement renforcé. Pensait-elle que, si elle divorçait, son fils perdrait définitivement son père ?… Elle était désolée pour lui à cause de cela, et son sentiment de pitié et son instinct de protection avaient grandi.

D'un coup, elle se souvint de la veille au soir.

Lorsqu'elle était rentrée de la salle de spectacle, plongée dans ses soucis en attendant des nouvelles du tribunal, son cousin éloigné était à la maison.

Chai Rim avait apporté une montagne de pains aux œufs fourrés de pâte de haricot rouge pour Ho-Nam. Il dit à Soon-Hwi avec un regard chaleureux :

— Tu as une mine terrible…

Soon-Hwi s'affaissa sans force sur le sol.

— J'étais au tribunal.

— Alors ?…

— On m'a dit que Sok-Chun aussi avait rencontré le juge pour le divorce.

— Je sais.

— Le juge me semble un peu compliqué, mais assez juste. Il va décider du divorce… En fait, pourquoi fais-tu cette tête ? Tu es livide…

— …

— Tu as décidé de divorcer, tu y as beaucoup réfléchi, on dirait.

— J'ai pitié de Ho-Nam. Et puis…

— Tu penses aussi à Sok-Chun ?… Tu avais décidé de ne pas te séparer il y a quelques années à cause de ta pitié. Choisis une bonne fois pour toutes. Tu as vraiment eu une vie douloureuse…

Mâchant son pain, Ho-Nam regarda Chai Rim d'un air mécontent.

— Si tu vis toute ta vie avec cette personne peu intelligente qui n'a pas la moindre envie d'évoluer, tu gâcheras ton avenir. Toi, tu es trop jeune. Ton talent est si précieux… Finis cette histoire et change de vie. Après le divorce, je te trouverai quelqu'un qui sera dix fois mieux que Sok-Chun.

Soudain, Chai Rim ferma la bouche de surprise.

Ho-Nam venait de jeter le sac de pains à ses pieds. Des pains roulèrent comme des pierres sur le sol. La bouche de Ho-Nam trembla et il cria :

— Ne parlez pas de mon père ! Mon père n'est pas mauvais !

Rouge d'étonnement, Chai Rim voulut détendre l'atmosphère de gêne avec un sourire sournois.

— Quel courage imposant !… Petit impoli.

— *Ye*, Ho-Nam. Tu n'es pas gentil.

Soon-Hwi, touchée au cœur, attira son fils dans ses bras, mais Ho-Nam la repoussa violemment.

— Allez-vous-en. Avec le pain.

— Tu ne reconnais même pas ton parent ?

— Si vous êtes mon parent, pourquoi dites-vous à ma mère de ne pas vivre avec mon père ?

— Cela… Parce que ton père se dispute avec ta mère.

— !…

Ho-Nam resta muet de stupeur. Des larmes d'injustice et de colère emplirent ses yeux, qu'il fixa sur Chai Rim. Il serrait ses deux petits poings comme s'il était prêt à se battre.

Chai Rim se leva discrètement comme s'il pensait que ce n'était peut-être pas une bonne idée de contester le petit protecteur de la famille…

Soon-Hwi avait envie de pleurer devant son fils qui avait voulu à tout prix protéger son père.

C'était peut-être pour cela que son idée de lui enlever définitivement son père la terrorisait maintenant. Cet enfant n'ira plus à la rivière où il aime pêcher, et plus personne ne lui fabriquera de pistolets en caoutchouc. Lorsqu'il recevra des coups de pied des enfants du quartier, il n'aura que sa mère à qui se plaindre. Plus il comprenait l'absence de son père, moins il jouait avec les autres enfants et ne cessait d'avoir peur… Comme ce n'était pas une petite fille, il était possible qu'il donne des jours de grande douleur à sa mère. Soon-Hwi soupira profondément. Parce que son mari la faisait souffrir mais aussi parce qu'il était un très bon père pour son fils. Soon-Hwi ne pouvait pas le nier. Après le divorce, son mari ne serait plus qu'une personne comme une autre, mais elle ne pouvait pas couper ce lien du sang entre le père et le fils. Même si elle protégeait bien son fils en le prenant chaleureusement dans ses bras, elle ne pouvait pas remplacer son père. Parce que l'amour de la mère était différent en nature de celui du père.

Soon-Hwi essuya ses larmes de la main. Elle secoua la tête pour se reprendre. Pourtant l'image du malheur ne s'effaça pas si facilement de ses yeux… Soon-Hwi, rejetant derrière ses épaules ses cheveux désordonnés, tira un mouchoir en tissu et essuya minutieusement ses larmes pour ne pas gâcher son maquillage.

Après un long moment, sa douleur se calma. Elle s'en voulut. Pourquoi ai-je demandé le divorce si je suis si faible ?… N'avais-je pas prévu ce genre de malheur ? Personne ne s'occupera de Ho-Nam comme de son propre fils…

Soon-Hwi ne parvint pas à repérer Ho-Nam sur la pelouse de la place vide. Pensant à le chercher partout comme le jour où il avait plu, une inquiétude la saisit brusquement. Le chant d'un chœur de femmes mêlé à de la musique instrumentale s'écoulait toujours de la salle de répétition. C'était la préparation d'un spectacle qui devait avoir lieu dans l'arrondissement de Songgan.

Soon-Hwi détourna lentement la tête au bruit de talons hauts qui descendaient l'escalier de la salle. C'était Eun-Mi. Dès qu'elle aperçut Soon-Hwi debout à côté d'un poteau, elle accourut vers elle.

— Je t'ai cherchée partout sans savoir que tu étais ici.

— …

— Le directeur adjoint te cherche.

— Moi ?… Pourquoi, à ton avis ?

— Je ne sais pas… mais pourquoi tu ne répètes pas avec le chœur ?

— Parce que je n'aime pas cette chanson. Et je ne m'entends pas avec eux.

— Tu ne cherches pas à les éviter, par hasard ?

— Eun-Mi, ne me parle pas comme ça. Tu ne sais pas que mes collègues ne m'aiment pas ?

— Non. Tu as tort. C'est une idée préconçue. Je pense que tu es trop tendue en ce moment. Ce que Ok-Hwi t'a dit, c'est que tu as chanté sans te concentrer et que tes accords étaient faux.

— …

— Tu n'as pas raison. A cause de ton problème de famille, tu traites tes camarades avec froideur… C'est comme avec l'ensemble ou les accords, si tu ne respectes pas l'harmonie, que va devenir le chœur de femmes ?

— Arrête, ça suffit ! Toi aussi, tu parles exactement comme le directeur adjoint. Moi je croyais que tu me comprendrais malgré tout.

Les larmes envahirent soudain les yeux de Soon-Hwi. Elle avait très mal au cœur, en pensant que même sa dernière amie au travail s'éloignait d'elle, mais de toute façon de l'eau avait déjà coulé. Laissant

Eun-Mi sur place, Soon-Hwi se dirigea en hâte vers l'escalier. Mais elle s'arrêta avant de monter. Parce que le directeur adjoint la fixait du haut de l'escalier. Une question acérée comme le tranchant d'un couteau vola vers elle :

— Camarade Soon-Hwi, vous avez persisté dans votre demande de divorce ?

— …

— Franchement, vous faites honte à notre troupe artistique.

Soon-Hwi mordit ses lèvres pour ravaler son chagrin.

— En tout cas, je vais examiner sérieusement votre problème.

— Si vous avez honte… à cause de moi… je veux quitter… la troupe.

— Quitter ?!… Vous avez du culot ?

— …

— Pas de problème. On en reparlera quand je reviendrai du tribunal.

Le directeur adjoint passa devant Soon-Hwi en déplaçant du vent. Soon-Hwi tenta de rester bien droite pour ne pas perdre courage. Mais son courage l'abandonna peu à peu et son cœur devint aussi triste que lorsqu'elle pensait à son fils. Elle eut le sentiment que toutes les forces de son corps la quittaient. Elle monta l'escalier et se rattrapa à la balustrade. Le néant et un désespoir sans nom s'emparèrent d'elle. Ses amies proches, la chanson, son métier, son fils aussi… Toutes les choses importantes pour elle semblaient la quitter. Non, plutôt, étaient en train de la quitter. Le prix de la dissension familiale était si grand et si cruel. Se séparer de son mari, ce n'était pas comme attendre simplement la procédure pratique et la sentence du tribunal. Soon-Hwi avait peur d'être assise sur la balance de la morale. Il s'agissait de sa famille, nais une chose nuisible pour la famille n'était plus privée. C'était un problème social, que le village, es environs, beaucoup de gens au travail regardaient de près. Malgré tout, pour parvenir difficiement à réaliser son désir, il lui semblait qu'elle levait sacrifier sa beauté et sa réputation. Et il lui semblait aussi devoir être chassée de la grande famille de la société…

Dans ce cas, lui fallait-il vivre à nouveau avec son mari ?… Soon-Hwi secoua la tête. Elle pensa que toutes les illusions qui avaient provoqué sa peur étaient le résultat de son inquiétude et de son désespoir. Elle se dit que la conscience d'être victime, semblable à celle de commettre un péché, la faisait tomber dans cette sorte de fosse. Elle se consola ainsi, mais sans parvenir à calmer son cœur.

10

Le juge Jong Jin-Woo était assis dans son bureau, le directeur adjoint de la troupe artistique en face de lui.

Le directeur adjoint, un peu perdu, légèrement chauve sur le front, le bout de son nez et son regard aiguisé plongés dans la mauvaise conscience, dit en gravant chaque mot :

— Camarade juge… je suis confus de venir vous voir. Dans notre groupe chargé de cultiver les gens par l'art, il y a cette femme qui vit mal sa vie privée… Je n'ai pas de prétexte à vous donner. Si la camarade Soon-Hwi est devenue comme ça, c'est notre faute.

Il était gêné comme si c'était lui qui avait demandé le divorce.

— La camarade Soon-Hwi a toujours eu un certain sentiment de supériorité, mais puisqu'elle chantait vraiment bien, nous sommes restés en retrait. Lorsqu'elle a rejoint la troupe artistique de l'usine, son comportement était sage, mais, petit à petit, avec l'élévation de sa technique et les éloges, je pense qu'elle a commencé à lever le nez. Les commentaires de ses collègues n'étaient pas très bons. Il y avait des bruits derrière elle. Il y a plusieurs raisons à sa mésentente avec ses collègues. Il est vrai que les chanteurs du chœur la traitent avec froideur parce qu'ils pensent qu'elle éprouve le sentiment le supériorité de la chanteuse en solo. Mais je pense que la véritable raison se trouve dans la personnaité de la camarade Soon-Hwi, qui souffrait depuis longtemps de la dissension de sa famille… On dit aussi que le caractère de son mari est particulier et que c'est un type borné qui ne pense qu'à son travail. On dit aussi qu'il provoque des disputes avec sa femme en considérant qu'elle s'habille de façon trop criarde… Malgré tout, à la maison, l'épouse se doit de rester calme et d'endurer. Mais la camarade Soon-Hwi n'est pas ce genre de femme.

Le sous-directeur continua d'une voix en colère.

— Notre unité de travail* l'a plusieurs fois critiquée, et lui a aussi prodigué des conseils particuliers, mais en vain. Comme elle a beaucoup de problèmes dans sa famille, il ne serait pas naturel qu'elle travaille bien dans la salle de spectacle. Elle ne répète pas comme il le faudrait en ce moment et le niveau de son chant est en train de baisser. C'est pour cela que nous ne la laissons pas monter sur scène. Nous ne voulons pas l'envoyer en tournée à Songgan. Si elle ne progresse pas dans un proche avenir… Comme l'opinion publique est en pleine ébullition à cause de son problème familial, nous étudions la possibilité de lui faire quitter la troupe artistique.

Le sous-directeur avait réussi à résumer le problème en peu de temps. Comme un docteur qui a compris la maladie et les symptômes et qui énonce sans hésiter le diagnostic et son ordonnance.

Mais maintenant, comme le juge Jong Jin-Woo avait parfaitement compris la pensée de Soon-Hwi, il était mécontent contre ce travailleur artistique. Il lui semblait que son point de vue et ses actes poussaient Soon-Hwi vers le malheur du divorce. En

* Unité d'organisation et de décision de la vie sociale.

utilisant la dissension familiale pour s'en prendre
à la personnalité et pour déprécier sa morale, on
provoque des passions adultères ou des raisons
juridiques inévitables. Si sa vie professionnelle est
corrompue, la vanité de cette femme prendra un
mauvais tour.

Le juge Jong Jin-Woo tapota un bon moment son
bureau, puis il ouvrit la bouche sur un ton pesant :

— Donc… d'après ce que vous dites, l'organisation de l'unité de travail a fait tout ce qu'elle a pu…

— …

— Vous l'appréciiez et vous la protégiez au
début, parce qu'elle chantait bien. Dès que sa faute
s'est développée, vous l'avez critiquée à plusieurs
reprises, et maintenant, pour ne pas avoir honte
d'elle, vous allez la laisser tomber… Camarade
sous-directeur, qu'en pensez-vous, vous ne pensez pas avoir été trop froid ?

— …

Le front dégarni du sous-directeur se couvrit de
rouge.

Le juge Jong Jin-Woo continua :

— Je pense que les imperfections dans la vie
privée de la camarade Soon-Hwi et son talent de
chanteuse sont des choses séparées. Les spectateurs ne connaissent pas sa vie privée, mais ils
connaissent et aiment ses chansons. Si la camarade Soon-Hwi devait perdre l'amour des spectateurs et celui de la chanson, elle pourrait sombrer
dans le désespoir. Comme vous le savez bien, camarade sous-directeur, les buts de la camarade
contralto Soon-Hwi sont très élevés, à tel point que
c'est une des raisons de la dissension dans sa famille. Alors que va-t-il se passer si vous ne l'envoyez
pas en tournée en région et que vous l'empêchez
de chanter dans la salle de spectacle ?… Cela revien-
dra à rester sourd au vrai sens de la vie. On ne

peut pas lui infliger de punition personnelle sous prétexte qu'il y a une dissension dans sa famille. Les talents sont une part importante de la personnalité. Notre loi n'accepte absolument pas qu'on bloque la voie où éclosent les talents.

— …

Le sous-directeur sortit un mouchoir en tissu et il essuya prudemment les gouttes de sueur qui se formaient sur son front.

— Camarade directeur adjoint, faites preuve d'un peu plus de patience et la troupe… On va essayer d'aider chaleureusement la camarade Soon-Hwi. A notre avis, la camarade Soon-Hwi est une femme qui a une exigence intelligente en ce qui concerne sa vie commune avec son mari. Mais elle n'a pas encore hissé cette exigence au niveau des véritables devoirs des artistes qui contribuent à la vie morale et culturelle de la société. Elle a du talent et elle peut aussi comprendre notre époque, mais je pense qu'elle éprouve des contradictions et des désaccords entre la culture idéologique et ses buts.

— Camarade juge, je vous remercie… En fait, je… il y a longtemps… devais lui rendre visite pour comprendre profondément sa vie et l'aider raisonnablement.

Le directeur adjoint regarda le juge d'un air coupable.

11

La mi-journée était exposée au soleil, mais la rivière était froide. Il semblait que l'eau dans laquelle avait fondu de la glace dans la vallée au loin s'écoulait encore.

Soon-Hwi sortit d'un seau des vêtements trempant dans l'eau savonneuse et les rinça dans la rivière claire. Il fallait qu'elle lave les vêtements de Ho-Nam qui folâtrait trop ainsi que des sous-vêtements avant de partir pour Songgan avec la tournée. Elle avait voulu le faire au point d'eau commun du village, mais elle n'avait pas envie de subir les regards de reproche et les paroles vides des femmes, et c'était pour cela qu'elle était venue au bord de la rivière.

Elle était plongée distraitement dans ses pensées sans s'en rendre compte, tout en frappant vivement sa lessive avec un battoir. Après avoir parlé au sous-directeur de quitter la troupe, elle avait attendu sa réaction dans l'inquiétude. Mais, contre toute attente, cela s'était passé sans problème.

Revenu du tribunal, le sous-directeur n'avait plus évoqué la question du problème familial de Soon-Hwi. Le visage aimable, il lui avait demandé de préparer la tournée avec la troupe. Il lui avait aussi dit doucement qu'il lui donnait du temps pour faire son ménage en retard tout en répétant sérieusement...

Soon-Hwi était reconnaissante envers le sous-directeur qui n'avait pas rajouté son problème de vie dans la troupe à celui du divorce. Elle s'était sentie un peu plus légère et elle versa la lessive débarrassée du savon dans la rivière et l'agita. Ses mains prises par le froid rougirent. Soon-Hwi serra ses deux mains et les frotta l'une contre l'autre, puis leva le battoir.

Soudain elle vit quelqu'un qu'elle connaissait portant un seau et une pelle en amont de la rivière.

Il était clair que cette personne était le juge qu'elle avait rencontré au tribunal. Le juge prit du sable avec sa pelle au bord de la rivière, et il le rejeta immédiatement et releva les jambes de son pantalon.

Lorsque Soon-Hwi le vit entrer dans la rivière les pieds nus, elle sentit son corps se glacer. Elle devina qu'il avait besoin de sable pour installer le foyer de la cuisine. Elle le trouva risible et misérable. S'il s'adressait à la section d'entretien de l'immeuble, elle interviendrait immédiatement chez lui, mais il paraissait aimer travailler.

Détournant la tête, Soon-Hwi s'activa à sa lessive, mais son cœur restait dirigé vers l'amont de la rivière. Malgré elle, elle observa les gestes du juge.

*

Depuis que le juge Jong Jin-Woo était entré dans l'eau, les jambes nues, il avait froid aux pieds, et il ressentit bientôt une douleur aux chevilles.

Pourtant il continua à creuser le sable, supportant le froid en serrant les dents. Petit à petit, il lui sembla que ses pieds étaient frappés de paralysie.

Il ressortit de la rivière avec du sable sur sa pelle. Mélangé de cailloux, il n'était pas très bon. Il ne semblait pas pouvoir être utilisé pour la fonte. Il regarda l'air déçu la rivière agitée de vagues. Dans son souvenir, le sable de cette rivière où il s'était baigné avec son fils plusieurs années auparavant était bon. Mais s'il était vrai qu'il était de bonne qualité, pourquoi l'usine n'en avait-elle pas profité pour faire de la fonte ?…

Jong Jin-Woo resta debout un bon moment pour réchauffer ses pieds glacés. Parce qu'il n'avait pas envie d'abandonner son espoir sans raison. Il voulut pénétrer plus profondément sous les rochers. Il se débarrassa de son pantalon et de ses sous-vêtements.

Des passants sur le chemin de la rivière virent Jong Jin-Woo vêtu de son seul slip entrer dans l'eau horriblement froide et s'arrêtèrent. C'était par curiosité, pour voir s'il allait attraper des poissons distraits.

Jong Jin-Woo entra dans l'eau jusqu'à mi-ventre. La respiration bloquée, il claquait des dents. Il lui sembla que tout le sang de son corps gelait d'un seul coup. Il creusa dans le sable entre les cailloux avec la pelle. Il remonta doucement le sable pour ne pas en perdre dans le courant.

Lorsque Jong Jin-Woo examina le sable qui emplissait la moitié de sa pelle, il cria légèrement de joie sans s'en rendre compte. Le sable était doux et blanc et les grains étaient solides. Il était tout à fait semblable à celui qu'il avait vu quelques années auparavant.

Jong Jin-Woo oublia le froid glacial et sortit en éclaboussant la rive. Il sortit un tamis et un sac à dos d'un seau et passa une longue ficelle dans la poignée du seau qu'il fixa à son cou. Le grand seau se balança drôlement sur le ventre de Jong Jin-Woo comme la boîte d'appâts d'un pêcheur.

Il entendit le rire d'une femme sur le chemin de la berge.

Jong Jin-Woo jeta un coup d'œil sur les gens qui passaient et continua tranquillement à agiter ses jambes rougies par le froid. Sans doute habitué, il n'avait plus aussi mal que tout à l'heure.

Il préleva peu à peu du sable avec sa pelle et le plaça dans le seau. Cela prit un bon moment pour remplir seulement la moitié du seau. Revenu à la rive, il versa le sable mêlé à l'eau dans le seau. Après avoir massé et frotté ses jambes pour réchauffer ses veines, il entra de nouveau dans l'eau. Après environ six fois, et ayant passé le sable au tamis, son sac à dos fut entièrement plein.

Les gens qui passaient sur la berge repartirent en secouant la tête après l'avoir observé avec curiosité. Parce qu'ils ne comprenaient pas pourquoi il entrait si profondément dans la rivière prendre du sable propre comme de la farine de riz au lieu de le ramasser au bord.

Jong Jin-Woo se rhabilla en hâte par-dessus son slip mouillé et il mit sur son dos le sac lourd plein de sable. Il plaça le tamis dans le seau et le porta à la main avec la pelle. Le sac empli de sable non séché commença rapidement à lui mouiller le dos.

Jong Jin-Woo avança péniblement, essayant de garder en équilibre le sac qui s'enfonçait dans ses épaules. Il avait commencé à chercher comment venir en aide à Sok-Chun, mais il s'était fait beaucoup d'illusions. Il se sentait fort loin de son rôle, qui était la pratique des affaires juridiques. Auparavant, lorsqu'il avait dit qu'il avait fait une chose à peu près semblable, le juge Song lui avait dit que c'était peine perdue. Jong Jin-Woo n'était pas d'accord. Si l'amour revenait et permettait de réunir une famille heureuse sans divorce, il était prêt à faire n'importe quoi… Lorsqu'il lui apporterait le sable, Sok-Chun pourrait comprendre le cœur du juge, et si cela pouvait l'aider pour son invention, ce serait merveilleux. S'il pouvait réussir à faire la fonte, il pourrait alors terminer sa machine. Si son travail à l'usine marchait bien, alors il pourrait rentrer à la maison le cœur léger. Et il pourrait sans doute traiter sa femme avec un nouveau regard... Pour les gens, même si la réalité de la famille est différente de celle du travail, elles sont fortement liées par les sentiments et les émotions. Donc apporter la chaleur qui puisse rendre l'harmonie à une famille malheureuse n'était pas vraiment en dehors de son rôle de juge. Le fait de combattre les obstacles aux sentiments moraux des hommes, comment peut-on dire que cela n'entre pas dans le cadre de la loi ?... Une fois convaincu de cela, il put supporter son dos mouillé et le sac trop lourd.

Jong Jin-Woo, après un bon moment de marche, ôta son sac à dos et l'appuya avec le seau et la pelle au pied d'un grand arbre au bord du chemin pour se reposer. Ses épaules tendues s'allégèrent comme s'il pouvait voler. Il porta une cigarette à sa bouche et l'alluma, et quand il inspira profondément la fumée, il éprouva une chaleur comme si tout le froid qui avait pénétré dans son corps s'échappait.

Une femme, un livre à la main, approchait par le chemin, profondément plongée dans ses pensées. C'était la femme de l'ingénieur de l'appartement du premier étage du même immeuble que lui. L'institutrice qui ne vivait que pour ses étudiants depuis l'époque où elle était célibataire, qui s'inquiétait parce que son mari buvait, portait un pull comme le jour où elle avait attendu son mari avec un parapluie en pleine nuit. Elle aimait s'habiller sobrement et simplement.

Lorsqu'elle aperçut Jong Jin-Woo, elle suspendit ses pas en souriant.

— Je transporte du sable pour un ami qui en a besoin, expliqua-t-il en regardant les jambes mouillées de son pantalon.

— Votre femme la chercheuse n'est pas rentrée ?

Elle avait parlé en tournant la tête, faisant mine d'ignorer l'embarras de Jong Jin-Woo.

— Elle rentrera dès qu'il fera beau… En fait, vous… étiez en train de rentrer après avoir rendu visite à un de vos élèves ? demanda doucement Jong Jin-Woo.

— Camarade juge… vous parlez comme si vous m'aviez vue.

— Je sais aussi à quoi vous pensiez en rentrant.

— ?…

— Vous vous demandiez comment vous alliez corriger cet élève qui ne vient pas à l'école.

Dès que Jong Jin-Woo tira sur la lanière du sac à dos, il le mit sur son dos d'un seul coup. La femme n'avait même pas eu le temps de soutenir le fond du sac.

— Je rentre aussi, je vais vous aider.

La femme souleva la pelle et le seau appuyé contre l'arbre. Jong Jin-Woo voulut la retenir, mais elle partait déjà avec. Elle marcha silencieusement pendant un moment, puis dit d'un ton sérieux :

— En fait… j'ai pensé à peu près la même chose. J'ai rencontré sans doute par hasard en chemin le camarade juge, mais… chaque fois que je rends visite au trublion de ma classe, je suis en colère contre le tribunal qui a prononcé le divorce.

— …

Jong Jin-Woo était assez tendu. Elle déversait des paroles qu'elle avait retenues depuis longtemps.

— Cet enfant qui s'appelle Chai Yong-Il. Il a douze ans maintenant. Il a une belle-mère.

— Attendez… Vous dites Chai Yong-Il ? Il a douze ans ?… Qui est son père ? lui demanda Jong Jin-Woo en hâte.

— Son père est Chai Rim… Il est responsable des ventes à l'usine des produits électriques culturels. Vous le connaissez peut-être ?

— ?!...

Jong Jin-Woo évita le regard de l'institutrice en maintenant en équilibre son sac à dos plein de sable. Comment pouvait-il oublier ce responsable des ventes ?... Six ans plus tôt, il se souvenait encore de cette journée au tribunal. Cette femme qui avait rêvé d'une famille heureuse en s'occupant des arbres et de ses enfants au fond de la montagne, couverte de taches de rousseur, inondée de larmes, qui avait plaidé devant son mari la séparation du frère et de la sœur en insistant sur la dignité et le respect de la femme... L'institutrice parlait justement de l'enfant qui avait six ans à l'époque.

— Je le connais un peu... je l'ai rencontré il y a quelques années.

Il avait parlé comme si c'était une chose sans importance, mais il n'avait pu empêcher son visage de chauffer. Il ressentait une douleur comme si une erreur du passé resurgissait. En tout cas, il s'intéressa à ses paroles comme attiré par un aimant.

— Sa belle-mère est de dix ans plus jeune que son père et elle élève l'enfant n'importe comment. Elle pense qu'il suffit de laver les vêtements et de donner quelque chose à manger pour être une bonne belle-mère. Elle ne tient aucun compte des études, du comportement et de l'évolution intellectuelle de Yong-Il. Elle n'a pas d'autre but en tête que de lui faire finir le collège et de l'envoyer travailler. Ce n'est pas le cœur d'une mère qui élève son enfant. Comme il grandit entre les mains de cette belle-mère depuis six ans, ses notes en classe et son comportement sont toujours parmi les plus mauvais. A vrai dire, cet élève est intelligent et il a un bon cerveau... Son potentiel naturel ne peut pas éclore ouvertement. Pendant le cours de dessin, nous avons dessiné en observant une sauterelle et le lendemain Yong-Il a fait une sauterelle en bois. Il avait même fort bien fait les articulations des pattes. Le professeur avait expliqué la morphologie de la sauterelle et Yong-Il avait parfaitement compris comment elle sautait. Ce genre de chose arrive de temps en temps. Si on s'occupait bien d'un germe aussi exceptionnel, il pourrait devenir ingénieur en sciences. Malheureusement, il suit une pente de plus en plus mauvaise depuis l'année dernière. Il est aussi souvent absent qu'il mange, et les parents de ses camarades soulèvent des problèmes à cause de leurs bagarres... Il ne se passe pas trois jours sans qu'il provoque quelque chose.

Les regrets de cette institutrice touchèrent le cœur de Jong Jin-Woo.

— Camarade juge... Franchement, en tant que maîtresse, je pense que j'ai tout essayé pour lui. Et je me dis que je ne peux pas laisser tomber les autres enfants pour m'occuper seulement de lui. Mais...

La lueur triste du remords passa sur son visage.

— Dimanche dernier, notre école a organisé un pique-nique de printemps. Les élèves se sont bien amusés à jouer à la chasse au trésor, à herboriser, à attraper des insectes. Pendant le déjeuner, je me suis assise en cercle dans l'herbe avec mes élèves. Et soudain j'ai pensé à Yong-Il, il n'était pas là. Je venais de le voir... Puis, après l'avoir cherché, je l'ai trouvé derrière un gros rocher, à côté du ruisseau. Quand je me suis discrètement approchée, il était en train de déjeuner avec sa grande sœur, assis en tête-à-tête. Yong-Sun a deux ans de plus que lui, et elle est aussi dans notre école. Les familles du frère et de la sœur sont différentes, mais ils sont dans la même école. Yong-Sun n'arrêtait pas de déposer devant son frère des gâteaux de riz, des beignets, de la viande, des germes de soja, préparés par sa propre mère. Yong-Il, les larmes aux yeux, tenait ses baguettes, mais il ne pouvait rien manger. A côté de lui, il y avait un casse-croûte, un mélange de riz et d'épinards, sans doute préparé par sa belle-mère. J'ai pleuré. J'ai quitté ce rocher et j'ai pensé à bien des choses, assise au bord du ruisseau. Même si le cœur d'un professeur est dévoré d'inquiétude à cause d'un élève, ce ne peut être la même chose que l'amour familial... Et je pense que ce genre de parents qui ont détruit l'amour entre les petits enfants et les liens du sang ont commis un crime même s'ils avaient de bonnes raisons ou des arguments juridiques... Camarade juge... pourquoi le tribunal a-t-il prononcé le divorce ?... Comment le bonheur des parents peut-il exister sans le bonheur des enfants et de leurs descendants ?

— !...

Jong Jin-Woo sentit que son sac plein de sable pesait mille livres sur ses épaules. Son corps semblait glacé et il frissonnait. Mon jugement de ce jour-là était-il mauvais ? Est-ce pour cela que ce genre de décision reste pendante ?... Et si je n'avais pas prononcé leur divorce ?... Je devais peut-être demander à cette femme de faire preuve d'autant de *personnalité* que son mari responsable des ventes ? Dans ce cas, la condition des enfants serait peut-être meilleure qu'elle ne l'est maintenant. Pourtant, cette femme qui avait vécu toute seule dans la montagne à planter des arbres et à s'occuper de ses enfants n'aurait pas pu vivre en harmonie avec ce responsable des ventes. C'est leur intelligence différente qui les a séparés. Le responsable des ventes méprisait humainement sa femme et il la traitait comme une femme de ménage, pas comme une épouse égale. Cette femme qui avait soutenu les études de son mari, en sacrifiant sa santé et dix années de jeunesse, ne pouvait plus laisser échapper sa personnalité, la valeur de sa vie. Elle ne pouvait plus supporter, plus accepter, plus pardonner la terrible trahison de sa loyauté.

Jong Jin-Woo se confirma que son jugement de six ans plus tôt était raisonnable. Pourtant, la supplication de cette institutrice était juste et cela lui perçait le cœur. Le jugement était correct, mais l'affaire laissait des séquelles. Ce n'était pas des séquelles juridiques, mais plutôt sociales. Le bonheur d'une nouvelle famille, la croissance saine de beaux enfants… Des problèmes étaient survenus dans leurs vies, en dehors de la salle d'audience, mais le juge était aussi responsable. Et les époux qui se disputaient jusqu'à maintenant avaient aussi une part de responsabilité… Lorsque le juge pensa que ce genre d'affaire se répétait dans chaque procès en divorce, il eut encore plus mal.

Il pensa à Ho-Nam au lieu de Yong-Il. Ce petit enfant qui toussait blotti sous le toit d'où tombaient des gouttes de pluie. Ho-Nam qu'il avait porté sur le dos sous la pluie, cet enfant qui hésitait lorsqu'il avait vu la trace de ses pas sales sur le sol de la chambre… Qui était coupable du fait que ce petit naïf était tourmenté par la peur et l'appréhension à cause desquelles il subissait la pluie et le vent froid avant même de fleurir ? Les gens ont besoin d'eau, les enfants ont besoin de l'amour de leur père et de leur mère. Mais comment vivent les parents qui doivent leur donner la précieuse sève nourricière ?… Savent-ils vraiment que l'amour pour leurs enfants découle de l'affection profonde entre époux ? Pourtant chaque parent affirme qu'il aime ses enfants… Chacun insiste sur le fait qu'il veut s'occuper de ses enfants…

Lorsqu'ils approchèrent de l'entrée du chemin qui bifurquait vers l'usine, Jong Jin-Woo dit à l'institutrice :

— Je vous remercie. Donnez-moi ça.

— Vous ne voulez pas porter cela à la maison ? demanda-t-elle en soulevant la pelle et le seau.

— C'est vrai, mais…

— Portez plutôt rapidement le sable à votre ami. Je porterai ça chez vous.

Elle le salua poliment et se tourna vers le chemin.

Jong Jin-Woo regarda longuement la silhouette de cette femme. Une femme ordinaire, vêtue d'un pull, une institutrice qui connaît la valeur de la famille et qui consacre ses forces aux siens, une femme qui éprouve un amour civique pour le pays et l'avenir, et possède un esprit secourable développé, s'en allait.

12

L'usine était encore loin.

Jong Jin-Woo avait envie de se reposer un peu, mais il avait peur de ne pas arriver avant la fermeture de l'usine, et il continua son chemin. Son sac à dos plein de sable pesait de plus en plus sur son dos et les lanières s'enfonçaient dans ses épaules. La terre jaune collait aux jambes de son pantalon mouillé et à ses chaussures.

— Oh, c'est vous, camarade juge ?

Une voix épaisse et connue vola jusqu'à lui.

Jong Jin-Woo vit Chai Rim, le président du comité de l'industrie et de la mécanique, qui tenait à la main une valise de voyage. Jong Jin-Woo ôta son sac à dos et le déposa dans l'herbe. C'était la personne qu'il attendait pour terminer l'enquête. C'était une coïncidence étrange de le rencontrer à cet endroit, et non au tribunal, mais il n'y avait rien à faire pour l'éviter.

Chai Rim s'approcha en laissant flotter les pans de son costume qu'il avait déboutonné. Sa cravate gris clair parsemée de petits points comme des pièces de go restait fixée grâce à une épingle même lorsqu'il bougeait énormément. Après avoir jeté un coup d'œil surpris sur le sac à dos mouillé et l'apparence minable du juge, il prit une mine curieuse.

— Vous êtes tombé dans l'eau ?

— Vous rentrez d'un voyage d'affaires ?

Jong Jin-Woo l'avait interrogé au lieu de lui ré
pondre. C'était une salutation, mais il n'arriva pas
à la prononcer doucement et il n'avait pas envie
de lui expliquer pourquoi il avait ramassé du sable
Son antipathie agitait son cœur.

Chai Rim posa aussi sa valise dans l'herbe, échap
pant au regard perçant du juge.

— Je suis venu directement de la gare. Je voulais me reposer à la maison sans aller au comité
Mais quand j'ai appelé, on m'a dit que vous y étiez
passé il y a quelques jours pour enquêter sur
quelque chose. C'est pour cela que je suis allé directement au tribunal et je suis parti à votre recherche parce qu'on m'a dit que vous étiez à l'usine

Il se sentit des fourmis dans les pieds.

— Ce n'est vraiment pas la peine. Vous pouviez
venir quand on vous aurait appelé…

Jong Jin-Woo piquait discrètement le cœur de
Chai Rim. Celui-ci répondit sans avoir l'air gêné.

— On ne peut pas bien dormir en laissant traî
ner les affaires en cours. Il vaut mieux les élucider
sur le moment.

— Dans ce cas, je vais vous poser quelques
questions. Est-ce que c'est vous qui avez organisé
l'évaluation de l'invention ?

— Tout à fait. On a payé avec un chèque les
quotes-parts et articles. Je sais que vous les avez
vus au comité.

— Est-ce que vous êtes d'accord avec la note
technique et économique mentionnée sur le dossier de présentation de chaque invention ?

— Il faut prendre un peu de temps pour se for-
ger une opinion, mais… en général je fais confiance
au dossier.

— Est-il vrai que vous avez utilisé l'argent qui
restait pour acheter des meubles et faire des tra
vaux de clôture ?

— Oui, c'est ce que nous avons décidé.

Chai Rim avait répondu courageusement.

Jong Jin-Woo se dit que ce travailleur avait la peau plus épaisse qu'il ne l'avait imaginé.

— Nous ? Et qui a décidé cela ?

— Si vous voulez... on va dire que c'est moi. En fait, camarade juge, quel est le problème ?

La colère empêchait Jong Jin-Woo de respirer. Il faillit perdre la maîtrise de lui-même et se mettre à crier. Il humecta sa gorge sèche avec sa salive.

— Camarade président, comme vous le savez parfaitement, notre pays a décidé d'une somme raisonnable pour ces inventions... Mais vous avez modifié cela à votre guise. Vous avez donné des céramiques dérisoires et des certificats à des travailleurs qui ont fait profiter la nation de plusieurs millions de wons. Expliquez-moi pourquoi.

Chai Rim fouilla dans sa poche et en sortit une cigarette Eunbangul, mais, de colère, il la remit à la même place.

— Il y a deux raisons. Les frais d'ameublement et les travaux de notre nouveau bureau ont été inclus dans le budget général pour les inventions. J'ai peut-être calculé trop large. L'autre raison pour laquelle nous n'avons pas donné d'argent pour les inventions, c'est que nous avons décerné à la place des céramiques et des certificats avec citation. C'est la citation qui a de la valeur. A l'avenir, lorsque ces inventions donneront lieu à des profits concrets, nous verserons une part convenable aux inventeurs. En fait, les techniciens et les ingénieurs récompensés cette fois-ci n'étaient pas du tout intéressés par une rétribution ou par de l'argent. Leur cœur n'était plein que du désir d'apporter une contribution au pays. Ce n'est pas la peine d'utiliser inconsidérément l'argent de notre pays. Pour ces gens qui trouvent leur récompense à travailler avec dévouement pour la société et le peuple. Camarade juge, c'est pour cela que nous avons utilisé l'argent pour l'ameublement et les travaux. Je n'ai pas mis un centime dans ma poche.

Chai Rim ressortit la Eunbangul, la porta lentement à sa bouche et l'alluma comme s'il était satisfait de la logique et de la force persuasive de son discours.

Bouillant de colère, Jong Jin-Woo fixa le visage tranquille de Chai Rim.

— Vous avez profité très professionnellement de l'esprit distingué des gens honnêtes.

— Camarade juge, faites attention à vos paroles.

Chai Rim montrait son autorité.

— Non seulement vous les avez utilisés, mais vous les avez méprisés et vous avez foulé aux pieds leur personnalité.

Le juge Jong Jin-Woo piquait avec chaque mot comme avec le bout d'une lance bien acérée.

— Vous, camarade président, connaissez-vous les efforts déchirants du tourneur Sok-Chun pour réaliser sa machine ? Autrement dit, savez-vous comment il a vécu depuis cinq ans ? Avez-vous vu les centaines de plans et de pièces détachées mis au point au détriment de sa vie sociale et de l'amour de sa femme ? Il a pratiquement vécu à l'usine, il a remboursé les alliages utilisés pour ses échecs, parfois même sans toucher son salaire, et il a consacré tous ses efforts, encore et encore, pour réussir son invention, vous savez tout cela ?... La nation prend en compte précieusement les sacrifices et les talents de ce genre de personne et les estime matériellement et politiquement pour les encourager. Il faut garantir une vie confortable et protéger les efforts des techniciens et des ingénieurs. Mais vous, vous avez utilisé l'argent inviolable de la nation pour acheter une table onéreuse, des canapés et des fauteuils pour votre bureau. Ce sont des meubles qui n'étaient pas sur la liste des achats. C'est cela, la différence que vous avez mise dans votre poche… Vous avez volé le fruit des efforts des gens honnêtes qui ont sué sang et eau. En abusant de votre pouvoir, vous avez jeté de l'eau froide sur les gens qui consacrent leur énergie et leur talent au développement de l'industrie et de la technique nationales. Ce que vous avez fait est un crime. Parce que vous avez entravé l'accomplissement des orientations de la révolution et la politique économique de notre Parti ! Je vais vous faire endosser la responsabilité de votre crime.

— Ah… Ca… marade juge… Comment pouvez-vous faire cela ? Ce genre de meubles a été posé dans les autres bureaux aussi, répondit précipitamment Chai Rim, le visage tout rouge.

— Ne me donnez pas de prétexte ! Vous devrez subir les rigueurs de la loi. Dans le code pénal de notre république, il est expressément écrit que celui qui transgresse volontairement les principes de répartition socialistes et qui estime mal la valeur des inventions et les créations des citoyens doit être mis en prison. Le code pénal prévoit une peine correspondant au crime que vous avez commis.

— Ça… comment… suis-je… concerné ?

Le visage rouge de Chai Rim s'affaissa.

— J'ai sous-estimé votre crime. Bien sûr, la raison originelle de la dissension dans la famille de Sok-Chun se trouve en eux-mêmes. Pourtant vous êtes aussi coupable parce que vous avez méprisé Sok-Chun qui a sacrifié tant de choses importantes à son invention pendant des années. Vous avez aggravé leur problème en jetant de l'huile sur le feu, en décrivant à Chai Soon-Hwi un mari sans avenir. Vous êtes aussi responsable devant la loi d'avoir jeté le trouble dans une famille harmonieuse.

Chai Rim bafouilla, avec un sourire maladroit.

— Camarade juge… Je… rentre d'un voyage d'affaires. Je ne comprends rien… de rien.

— Il n'y a pas de raison que vous ne compreniez pas. Le camarade Sok-Chun est votre cousin par alliance. Et même s'il n'était pas votre parent, comme il est technicien, votre devoir était de l'aider. Quand vous avez su qu'il avait un problème avec son invention, vous auriez dû en discuter avec la section technique de l'usine pour résoudre le blocage et vous auriez dû le pousser à étudier. Votre véritable devoir était de faire apprendre de nouvelles techniques aux ouvriers et de vous occuper des techniciens compétents, plutôt que d'estimer les machines, non ?

— Camarade juge… J'ai besoin de quelques jours pour réfléchir… J'irai bientôt vous voir au tribunal.

— J'ai votre parole.

Jong Jin-Woo se retourna et saisit son sac à dos plein de sable. Il n'avait plus envie d'être face à cette personne détestable. Comme la vérité sur Chai Rim, hypocrite et diplomate, et sa façon de conduire en société venaient d'être mises au jour et sévèrement critiquées, il lui sembla que sa colère se calmait un peu dans son cœur.

Chai Rim prit sa valise et se dirigea vers le chemin, les épaules basses.

*

Une fumée jaunâtre couvrait la fonderie. Le métal en fusion venait sans doute d'être versé dans le moule. Le métal en fusion rougeâtre jaillissait avec des flammes bleues sans se solidifier dans le moule.

Des braises sautaient par instants du mur de sable et une odeur de matériaux brûlés piquait le nez.

La chaleur dégagée avec l'odeur fétide du métal en fusion parvint au visage de Jong Jin-Woo. Les ventilateurs et les aérateurs bourdonnaient. Jong Jin-Woo déposa son sac à dos. Il n'y avait aucun fondeur devant les moules. La grue au plafond qui retenait un entonnoir en métal vide par la bouche était au repos et il y avait ici et là dans la fonderie des pièces de machines et des objets démoulés. Dans un coin se trouvait depuis longtemps un tas de sable noirci par le métal en fusion. Tout était calme parce que l'heure de la sortie venait de passer.

Après avoir regardé attentivement de tous côtés, Jong Jin-Woo découvrit Ri Sok-Chun recroquevillé, seul dans la fonderie. Assis sur des briques, il était plongé dans ses pensées, le menton sur son poing. A côté de lui étaient posés en désordre une pelle à manche long, un racloir et divers outils, comme des pinces.

Sok-Chun, ne jetant pas même un regard vers le juge qui s'approchait de lui, se leva, ouvrit le fourneau et jeta deux fois une poudre, une sorte de chaux, avec une pelle. Puis il se rassit sur les briques qui étaient recouvertes de ses gants. Son visage semblait couleur mandarine devant le fourneau. Sans cette lueur de métal qui éclairait le visage de Sok-Chun, qui avait les cheveux ébouriffés sous sa casquette à la visière abîmée, il aurait sans doute eu l'air épuisé. La poussière de la fonderie avait recouvert de gris ses épaules, le dos de son bleu de travail, son cou et sa casquette.

— Camarade Sok-Chun… Pourquoi restez-vous assis tout seul ? lui demanda doucement le juge.

Dès qu'il vit Jong Jin-Woo en tournant la tête, Sok-Chun se leva en hâte. Il expliqua en hésitant :

— Les ouvriers chargés de la fonte et du moulage vont arriver. Parce que c'est l'heure du roulement…

D'ici là, je m'occupe du métal. J'ai aussi voulu régler un peu la pureté du métal…

Comme ses yeux et ses joues étaient creusés, il semblait plus vieux.

— Comment fait un tourneur pour s'y connaître en fonte ?

— C'est que j'ai souvent fait ce travail et maintenant…

— Vous êtes expert. Alors vous n'avez toujours pas réussi votre machine ?

— Cette pièce est tellement délicate, à la moindre bulle d'air, à la moindre fissure, on ne peut plus l'utiliser. Je pense que c'est difficile à cause de la mauvaise qualité du sable.

— J'ai apporté du sable, vous voulez le voir ?

— Vous, camarade juge ?! Et d'où vient-il ?

— S'il est utilisable, je peux en apporter plus.

Jong Jin-Woo se dirigea rapidement de son côté pour lui donner le sac de sable.

Sok-Chun l'ouvrit en hâte et en sortit une poignée de sable. Il regarda à la lueur de la fonte en fusion. Le sable doux et blanc posé sur le plat de sa main. Il tourna enfin la tête et regarda les jambes et les chaussures mouillées et sales du juge.

Jong Jin-Woo demanda sans contenir sa curiosité :

— Alors, c'est utilisable ?

Sok-Chun remit le sable dans le sac à dos comme s'il ne voulait pas en perdre un seul grain, et il se redressa. Ses yeux étaient remplis de larmes.

— Camarade juge… le sable est vraiment bon. La rivière…

— C'est vrai. Je l'ai ramassé en retournant les pierres sous le pont.

— Là-bas… l'eau est profonde… froide…

Sok-Chun, la gorge nouée, ne put continuer.

— Comment ça ? Elle était fraîche. Alors, on peut s'en servir ?

— Il me semble que ce sable est meilleur que celui qu'on nous apporte en train. Demain, on va en prendre un peu avec mes camarades pour tester la fonte.

— *Hŏ*, je pense que mes efforts n'ont pas été vains.

Jong Jin-Woo exprima son sentiment d'angoisse pour se consoler. Il sentit que ses soucis l'abandonnaient et que son corps se réchauffait. Il s'assit sans façon sur le sac à dos et en sortit son paquet de cigarettes et des allumettes. Il en avait tellement envie depuis qu'il s'était gelé à ramasser le sable. Mais elles étaient complètement trempées.

Sok-Chun sortit immédiatement son paquet. Puis il enfonça une broche de bois dans un trou de fonte. L'extrémité de la broche s'enflamma.

— Ça convient.

Jong Jin-Woo sourit, la prit des mains de Sok-Chun et alluma sa cigarette.

— Camarade Sok-Chun, fumez-en une aussi.

Jong Jin-Woo le lui proposa, mais Sok-Chun eut un sourire triste et il s'assit sur les briques réfractaires.

Tous deux restèrent silencieux un bon moment. Leurs visages rouges tournèrent à la couleur kaki, pâlissant à la lueur de la fonte qui s'écoulait. Il semblait que cette fonte voulait épier leurs pensées profondes et dévoiler ses richesses.

Après un long moment, Sok-Chun commença à parler prudemment.

— Camarade juge… de m'aider ainsi à mon projet… je ne sais comment vous dire.

— Je ne suis pas venu pour recevoir vos remerciements.

Jong Jin-Woo tira la louche de métal et toucha la vieille poignée luisante.

— Camarade Sok-Chun… Avez-vous réfléchi à mes questions de l'autre jour au tribunal ?

— …

— Vous avez l'air mécontent.

— …

— Mais avant de penser au divorce, vous devez analyser la vanité de votre femme. Au lieu d'éprouver de l'antipathie, vous devez d'abord réfléchir à ce qu'est la vanité de votre femme et comment elle est apparue. J'ai été vraiment touché par le fait que vous ne vouliez tirer aucun profit en travaillant le tour et en vous occupant de vos inventions. Mais on ne peut pas vivre en famille avec la même sincérité qu'on éprouve à l'usine. La famille est petite, pourtant elle a sa valeur en elle-même, liée à la société. Un monde qui bouge et évolue en s'ouvrant à une nouvelle émotion, un nouveau sentiment, un nouveau rêve, au lieu d'en rester à ses sentiments passés. Mais, camarade Sok-Chun, vous… Votre but de tourneur aujourd'hui est le même qu'il y a dix ans. Votre vie idéologique et morale, vos besoins culturels et émotionnels n'ont pas varié. Vous essayez de conserver votre amour pour la jeune fille qui travaillait sur la presse il y a dix ans, sans rien changer. Pourtant, pour une chanteuse de votre milieu, cette jeune fille a fortement développé ses dimensions morale et culturelle dans la salle de spectacle. Elle est devenue une autre femme. Notre époque aussi a grandement avancé. La science et la technique, les arts se sont développés, et l'intellectualisation* de toute la société progresse à grands pas. Mais vous, camarade, vous créez des problèmes en vous cramponnant à un amour pastoral si éloigné de notre temps. Vous voulez mesurer votre femme à l'aune d'un vieux mètre-ruban

* *Intellihwa.*

de vie ennuyeuse. En vous détournant, vous ne voulez utiliser que votre savoir-faire et votre expérience, mais il n'y a aucune raison que votre invention avance. Comme vous l'a proposé votre femme, si vous étiez allé à l'université de l'usine, si vous étiez maintenant ingénieur, armé de grandes connaissances techniques, vous n'auriez pas eu besoin de consacrer cinq années à cette invention.

Sok-Chun enleva sa casquette et la tripota.

— Comme vous évaluez la tenue tapageuse de votre femme et la question de l'université technique de votre point de vue étriqué qui ne tient pas compte de notre temps, vous n'en retenez que la vanité ou le sentiment de supériorité. La vanité de la camarade Soon-Hwi provient de la stagnation de la vie spirituelle et des buts du camarade Sok-Chun. Peut-on considérer cela comme une vanité d'artiste ?... Aujourd'hui, dans une famille, cette société minuscule, ce genre de demande exprimée par une jeune femme est parfaitement juste et je crois qu'il est inéluctable que cela vienne du désir de civilisation spirituelle qu'exprime notre époque. Camarade, vous devez admettre vos erreurs sur ces points. Ce sont vos erreurs, en termes juridiques, une sorte de conservatisme en termes sociaux. Et ce conservatisme ne fait qu'aiguillonner négativement le sentiment de supériorité de votre femme.

La casquette chiffonnée dans les grandes mains de Sok-Chun semblait un morceau de tissu.

— Dans ce cas, camarade Sok-Chun, vous n'éprouvez aucun sentiment de supériorité ?... Si. Une sorte d'amour-propre étroit. En pensant que vous êtes le seul à travailler et à inventer sincèrement pour l'usine et pour la société, vous méprisez votre femme que vous regardez de haut. Il faut pourtant que vous sachiez que votre femme est une chanteuse qui appartient à votre milieu, qui donne aux gens une émotion distinguée. Votre femme est une artiste qui crée de l'art, la richesse culturelle de notre société.

Sok-Chun, qui soutenait son front avec un poing, ne faisait pas le moindre mouvement. Trahi par la lueur de la fonte, il semblait fondu en cuivre jaune.

Jong Jin-Woo s'empara de la casquette dans la main de Sok-Chun et en nettoya la poussière du plat de la main. Il la replaça sur la tête de Sok-Chun.

— Vous avez envie de blâmer le point de vue égoïste de votre femme, mais ce n'est pas très important. Comme elle a enduré longtemps en croyant à son mari inventeur, elle s'est exposée à cette estimation injuste. En tant que mari, vous pouvez comprendre la femme qui a la charge de la famille. Du cœur de votre femme qui a tant voulu être fière de vous devant les autres s'écoule de l'amour véritable.

— …

— Camarade, j'aimerais vous donner un conseil de vieil ami, pas de juge. Dès maintenant, vous devez mettre en valeur votre charme avec une passion et une volonté de progresser digne des jeunes d'aujourd'hui. Non plus un vieux tourneur à l'air sincère mais un technicien charmant avec des connaissances et de la technique. Allez vous aussi à l'université de l'usine… Venez vous aussi avec votre fils dans la salle de spectacle pour assister à un spectacle auquel votre femme participe… Si vous considérez cela comme superficiel, c'est une honte. Abandonnez ce genre de conservatisme. Que pensez-vous de se revoir à ce moment-là ?

Sok-Chun posa sur son visage sa main couverte de poussière, comme s'il était blessé. Il mordait douloureusement ses lèvres épaisses fermées comme s'il nourrissait un ressentiment proche de la rancœur. La leçon et la douleur étaient trop fortes pour qu'il puisse accepter ses fautes, et il se rappelait sans doute ses colères contre sa femme, une à une.

Jong Jin-Woo se dit que ce genre d'agitation ne durerait pas longtemps chez Sok-Chun. C'était un homme sincère et droit, il avait une bonté humaine et du courage. Sans cela, il n'aurait pas pu suivre sa voie d'inventeur tout en supportant la dissension familiale. Il était impossible de remplir ses fonctions ordinaires en se laissant aller au désespoir et à la résignation.

— Ah, c'est bien le camarade juge ?… Vous êtes revenu.

L'homme qui arrivait en parlant amicalement était le responsable de l'équipement *Abai*. Il portait une casserole de riz.

Jong Jin-Woo et Sok-Chun se levèrent pour l'accueillir.

— Prends ça.

Abai tendit la casserole à Sok-Chun.

— Quand j'ai dit que tu étais à la fonderie, ma mère m'a donné ça.

Sok-Chun rougit de gêne en recevant la casserole et la posa sur les briques. Il regarda longuement la casserole qui sentait bon la soupe au riz et dit avec embarras :

— Technicien *Abai*… A partir d'aujourd'hui, je vais rentrer à l'heure. Et puis…

Il fit disparaître la fin de la phrase en se mordant les lèvres.

Abai regarda discrètement le juge. Un sourire entendu apparut et passa dans les yeux des deux hommes.

— Hum… d'accord…

Abai éleva un peu la voix pour lui dire :

— Donne-moi plutôt une cigarette.

Il s'assit naturellement sur les briques réfractaires et prit une cigarette du paquet que Sok-Chun lui tendait respectueusement.

Jong Jin-Woo prit une broche de bois et la poussa dans la fonte en fusion comme Sok-Chun venait de le faire. Lorsqu'il la retira quelques secondes plus tard, le bout avait disparu en un rien de temps et le feu n'avait pas pris.

Abai le conseilla en riant :

— Camarade juge, il faut la retirer immédiatement.

Jong Jin-Woo suivit son conseil. La broche de bois prit feu immédiatement, comme une allumette.

13

Quelques jours plus tard.

Chai Soon-Hwi était venue au tribunal. Elle traînait dans le couloir en hésitant, quand le juge Song la trouva et l'amena jusqu'à la porte du bureau de Jong Jin-Woo, qu'il ouvrit.

Jong Jin-Woo poussa sur le côté les dossiers qu'il était en train d'étudier.

Soon-Hwi hésita sur le seuil et finit par entrer après plusieurs invitations prononcées par le juge d'une voix douce. Les mains croisées sans force sur les genoux et pelotonnée comme si elle avait froid, elle resta assise angoissée sur une chaise près du bureau.

Jong Jin-Woo sortit le dossier "CHAI Soon-Hwi, DIVORCE" d'une boîte et il attendit. A voir la mine de la femme, il lui sembla qu'elle n'allait pas reformuler sa demande en critiquant sa vie de famille et son mari comme la fois précédente. Pourtant, une décision désespérée comme abandonner le but de sa vie était bien plus inquiétante. Son regard s'était chargé d'une sorte de supplication et le manque de sommeil avait assombri de bleu le bord de ses yeux.

Jong Jin-Woo regretta de ne pas l'avoir convoquée au tribunal comme la veille. C'était une erreur de l'avoir attendue en pensant qu'elle viendrait sans faute. En tout cas, pendant ce temps-là, Soon-Hwi avait été influencée par la troupe artistique et elle s'était aussi heurtée au changement d'attitude et à la vie de son mari. Elle était angoissée, prise dans un tourbillon de sentiments compliqués comme dans une toile d'araignée, ce qui expliquait sans doute son visage émacié. Jong Jin-Woo fouilla dans l'esprit de Soon-Hwi avec un doute inquiétant.

— Camarade juge…

Se redressant, Soon-Hwi commença à parler poliment.

— Ça me touche vraiment que le camarade juge ait essayé de rétablir notre famille. Mais… je ne peux plus vivre avec mon mari… Ma faute est grande. Alors après le divorce…

Jong Jin-Woo tourna les yeux vers le dossier.

— Je pense que la camarade Soon-Hwi n'a pas accepté sincèrement les conseils de son organisation.

— J'ai reconnu mes erreurs, mais… cela ne signifie pas qu'il me faille continuer à vivre avec mon mari.

Les larmes envahirent complètement ses yeux.

— Le père de Ho-Nam est toujours le même ?

— Maintenant, ça ne sert plus à rien. C'est de l'eau versée. Si je ne divorce pas, c'est comme si j'étais l'objet de tous les commérages, et je ne peux pas vivre dans la honte.

Des larmes de colère accumulée s'écoulèrent sur ses joues.

Jong Jin-Woo se leva après avoir refermé le dossier et arpenta son bureau.

Il s'arrêta à côté de Soon-Hwi et lui dit d'une voix basse mais sévère :

— La dissension dans votre famille n'est pas une question que le divorce peut régler. Je vous le dis franchement, si vous demandez un procès en divorce, vous perdrez et vous serez condamnée aux dépens. Parce que vous n'avez pas de base juridique.

— Mais pourquoi ne voulez-vous pas me comprendre ?

Soon-Hwi le supplia en pleurant.

— Calmez-vous. Camarade Soon-Hwi… Pendant mon enquête objective sur votre situation de famille, j'ai pensé que vous aviez la vertu et le dévouement pour diriger harmonieusement votre famille. Malheureusement mon espoir et ma confiance se sont effondrés. Votre idéal ne concerne que vous-même et vous n'avez pas les pieds sur terre.

— …

— Votre revendication spirituelle envers votre mari n'était pas correcte. C'est un problème moral sérieux pour la famille, n'est-ce pas ? Même si votre mari est en retard sur les goûts de notre époque et qu'il est borné, c'est quand même le chef de famille et le père de Ho-Nam. Vous ne devez donc pas rejeter l'amour sincère et modeste qui vous lie depuis le début de votre mariage. Vous devez traiter cette question sérieusement, puis bâtir une tour d'amour avec les nouveaux sentiments dont accouche la vie spirituelle de notre temps… Pourtant, en rejetant votre mari, vous avez aussi abandonné le camarade Sok-Chun que vous avez connu au bord d'une rivière de votre pays natal à l'époque de votre jeunesse…

Soon-Hwi pleurait.

Jong Jin-Woo se plaça à côté du bureau. Regardant cette femme qui souffrait, ses sentiments moraux et humains se tortillèrent encore davantage dans son cœur.

— Vous avez appris les techniques du tour auprès de Sok-Chun… Vos collègues simples de l'usine vous ont aimée et favorisée parce que vous chantiez bien. Vous vous êtes mariée avec les félicitations des travailleurs de l'usine, tachés d'huile et sentant le métal, et vous vous êtes installée dans une maison. Votre émotion véritable pour la chanson est née à l'époque où vous étiez tourneuse. Et l'usine vous a recommandée pour devenir chanteuse... Pourtant, maintenant, vous avez oublié ces racines qui vous aimaient et vous élevaient. Et vous avez rompu petit à petit toutes les relations avec les artistes de la troupe.

Soon-Hwi sanglota encore plus fort.

— Vous avez un sentiment de supériorité. Il faut que vous sachiez qu'il a dépassé les bornes et qu'il est en train de devenir de l'arrogance. Si nous vous retirons le titre de chanteuse que vous devez à la confiance du Parti, que vous restera-t-il ?... La femme qui a perdu confiance en son mari, son plus proche camarade dans la vie, peut-elle être heureuse même si son mari est diplômé d'université, ingénieur ou responsable technique ? Vos rythmes de vie seraient-ils pour autant en harmonie ?... L'intelligence et la personnalité ne viennent jamais des positions sociales, des métiers, des conditions, des apparences. Les gens qui vivent et qui luttent pour le but fixé par le Parti, ces gens qui ont une conception de la vie peuvent être des personnalités d'une intelligence très élevée. Cela vous fera un peu de peine, mais regardez-vous dans ce miroir... Faire de l'art... être chanteuse ne signifie pas automatiquement que vous soyez raffinée. Vous devez faire des efforts extrêmes pour digérer par vous-même l'idéologie des chansons que vous chantez pour les gens qui travaillent. Alors quand vous aurez une vision saine des choses, une conception correcte de la vie, quand vous vivrez en harmonie avec votre mari, votre but sera atteint et votre famille heureuse.

Soon-Hwi n'avait plus ni logique ni courage pour se défendre devant ce juge qui analysait sa valeur réelle dans les moindres détails.

Jong Jin-Woo s'approcha du bureau, s'assit et poussa le dossier "CHAI Soon-Hwi, DIVORCE". Pour cette femme qui pleurait de remords, cela ne servait plus à rien.

Chai Soon-Hwi cessa de pleurer. Sans relever la tête, sortant un mouchoir à motifs de son sac à main, elle frotta minutieusement son visage taché de larmes et de maquillage. Elle avala ses larmes et poussa un long soupir. Elle se leva en repoussant prudemment sa chaise. Elle se retourna pour sortir en baissant la tête.

— Vous sortez sans saluer ?

Jong Jin-Woo lui avait parlé doucement, comprenant qu'elle n'était pas en état d'avoir une conduite appropriée. Sa phrase n'était pas une critique, plutôt une question appelant un nouveau départ.

Soon-Hwi s'arrêta, le salua la tête baissée comme si elle avait compris qu'elle avait oublié la politesse. Ses yeux humides semblaient avoir gonflé et son visage était pâle.

— Camarade Soon-Hwi, que faites-vous ce dimanche ?

— Je le passerai comme les autres jours… Je pars demain matin pour Songgan par le train du matin. Pour la tournée artistique…

Jong Jin-Woo fut heureux que le directeur adjoint ait écouté son conseil.

— Vous rentrez quand ?

— Comme le dernier spectacle sera donné au foyer communal vendredi, normalement je peux revenir samedi. Pourquoi donc ? demanda Soon-Hwi d'un ton sec.

— Parce que c'est dimanche, le 10 mai.

Jong Jin-Woo continua, en regardant le calendrier :

— C'est le jour de votre mariage avec le camarade Sok-Chun. Il y a dix ans.

— ?!…

La main de Soon-Hwi qui saisissait la poignée de la porte perdit toute force. Une ombre de regret se déploya lentement sur son visage pâle. Elle fixa un coin du plancher en évitant le regard aimable du juge. Des larmes envahirent encore le bord de ses yeux.

— Ce jour-là… ce genre de… jour, c'est pour une famille normale…

— Est-ce que je peux venir chez vous ce jour-là ?

— Venez… Si le camarade juge en a envie…

— Non, j'aimerais y aller en tant qu'ami, pas comme juge. Je pense que Ho-Nam sera heureux de me voir.

La plaisanterie et le sourire de Jong Jin-Woo n'atteignirent pas le visage de la femme. Il ouvrit la porte pour elle.

— Alors je vous souhaite une bonne tournée.

Soon-Hwi sortit dans le couloir sans répondre. Le bruit de ses chaussures à talons hauts s'éloigna et le couloir redevint calme.

Jong Jin-Woo sentit tout son corps s'amollir. Il avait soif. La fatigue, comme une sorte de néant, le submergea aussi. Il se versa l'eau d'un thermos à la poignée usée et la but, puis il laissa aller son corps sur un vieux canapé. Lorsqu'il ferma les yeux, il pensa à la famille de Sok-Chun qui contrastait avec sa propre vie de famille passée. Chaque fois qu'il avait assumé les tâches de sa femme en soutenant son travail de recherche, c'était avec quel mécontentement ?… Sans tolérance ni affection, combien de fois avait-il fait preuve d'indifférence en laissant s'exprimer son désespoir ?…

Sa femme lui manquait sans raison spéciale.

Le givre tardif est passé et il fait chaud aujourd'hui. Ma femme va sans doute revenir de Yonsudok. Si elle rate le bus qui ne passe qu'une fois par jour sur la longue route escarpée extrêmement pentue, elle va certainement essayer de se faire prendre en camion. Assise recroquevillée, sa serviette sous le menton, dans un chargement désordonné couvert de poussière, à quoi pense-t-elle ?... Elle qui n'a jamais montré de lassitude pour ses recherches, qui sait si à ce moment-là elle n'est pas rattrapée par sa faiblesse ? Le ciel bleu et les hauts sommets s'écoulent sur sa tête, les vallées sauvages couvertes de brouillard ne peuvent chaque fois se blottir dans le paysage caractéristique de haute montagne riche en émotion. Comme elle emprunte souvent cette route de montagne, peut-être s'ennuie-t-elle. Alors, pour raccourcir le temps et le chemin, elle ferme les yeux et se laisse aller au sommeil. Mais le chemin très inégal de montagne ne permet pas la tranquillité et ne lui autorise même pas un sommeil de lapin. A quoi pense ma femme ? Elle se souvient de son romantisme et de son ambition de jeune fille lorsqu'elle empruntait pour la première fois cette route. Elle est déçue par son projet de recherche qui avance trop lentement. Elle pense à son inquiétude et à son souci d'avoir laissé la maison et les semis à son mari qui n'est pas très content...

Par le passé, comment avait-il accueilli sa femme fatiguée qui revenait de Yonsudok ? Il l'avait reçue en silence dans la banalité de la vie quotidienne, quelquefois froidement, et il lui avait aussi de temps en temps laissé clairement voir qu'il faisait tout le travail pénible à sa place... Malgré tout, elle souriait gentiment en faisant le ménage sans rien dire... Comment pouvait-il être mécontent d'elle !

Le téléphone sonna.

Jong Jin-Woo décrocha. C'était Chai Rim, du comité de l'industrie et de la technique. Une voix douce faite pour amadouer le juge résonna sur la ligne.

— Camarade juge… Vous êtes au bureau… ?

— Oui. J'allais justement vous appeler. Venez rapidement au tribunal, répondit Jong Jin-Woo d'une voix officielle.

La voix de Chai Rim, servile et encore plus abattue, résonna dans le diaphragme du récepteur.

— Je viens… Camarade juge… je n'ai pas bien dormi depuis quelques jours. J'ai eu tort… Plus je me rappelle que j'ai commis un crime, moins je peux dormir…

Jong Jin-Woo se retint de l'envie de l'attaquer brutalement. Il avait entravé l'évolution technique du pays et foulé aux pieds les efforts sérieux de citoyens, alors comment pourrait-il expier ses fautes avec seulement quelques nuits blanches ?

— Camarade juge… je me sens vraiment coupable devant la loi… Ce matin, de mon bureau jusqu'au bâtiment administratif, j'ai fait enlever tous les meubles achetés illégalement. Et on a arrêté les travaux de la palissade en acier et nous avons nous-mêmes fabriqué des carrés de ciment…

— Camarade président, vous négociez vos actions par téléphone ?

— Non, ce n'est pas ça… Je pars tout de suite, répondit Chai Rim en hâte.

Jong Jin-Woo raccrocha le téléphone, pris par une idée. Il devait se décider le jour même à propos des actes injustes de Chai Rim. En tout cas, il se devait de considérer les actes de Chai Rim comme des fautes involontaires. On ne pouvait pas dire qu'il avait volontairement infligé un dommage au pays. En tant que cadre, il était resté indifférent au développement technique de la nation et il avait profité des efforts des inventeurs pour poursuivre sa propre gloire, considérant la technique comme moyen de réaliser son désir de puissance. Il n'était pas encore franc et un peu hypocrite, mais il avait compris ses fautes et il se corrigeait rapidement. Comme c'était la première fois qu'il commettait une erreur, s'il venait au tribunal, s'il regrettait et réparait ce qu'il avait fait, le juge ferait preuve d'indulgence dans ses poursuites. Il serait préférable de transmettre à ses supérieurs les informations sur ses actes, en recommandant une punition administrative et un rappel au règlement…

FAMILLE

14

Jong Jin-Woo termina son entretien avec Chai Rim tard le soir. Il lui avait fait comprendre sincèrement la gravité nationale et sociale de ses actes illégaux, et les dommages provoqués.

Chai Rim, défait comme une feuille de légume givrée, ne put que soupirer et rester muet, maintenant qu'il devait rendre compte à son organisme supérieur et sans la moindre idée de la punition qu'il allait subir. Il était naturel qu'il ne puisse parler. C'était une chance pour lui de ne pas être poursuivi pénalement.

Jong Jin-Woo le raccompagna au seuil de la porte.

Chai Rim saisit la poignée sans ouvrir et jeta un regard confus sur le juge. Son regard sombre ne souhaitait pas attendre de mesure plus généreuse.

— Camarade juge… j'ai une question… Ma faute… en avez-vous parlé à Soon-Hwi ?

— La famille de Soon-Hwi est en train de chercher en elle-même les causes de ses dissensions. Alors allez-y de vous-même et excusez-vous à propos de vos actes immoraux.

— …

Chai Rim partit, les épaules complètement affaissées.

Jong Jin-Woo resta debout sur place jusqu'à ce que Chai Rim disparaisse au loin après avoir traversé la cour du tribunal et la pinède. Il ne se sentait pas bien, même s'il avait correctement traité le destin d'un homme détestable. Tout à coup, il se souvint de la première visite de Chai Rim à son bureau. La fierté et le pouvoir et la distinction qui émanaient de son visage et son comportement tout entier n'étaient que des ornements qui n'avaient rien à voir avec les affaires véridiques. Pourquoi ce genre d'homme apparaît-il ?… Ce genre d'homme qui ne respecte pas la vérité absolue selon laquelle la technique est d'une valeur aussi grande que la vie pour le développement de l'économie nationale, comment a-t-il pu se placer à un poste administratif de la section technique en arborant un air si vain ?! Est-ce qu'il sait que ses conditions de travail et son salaire sont le résultat des efforts d'innombrables ingénieurs et techniciens ?!…

Dès que Jong Jin-Woo sortit dans la rue où scintillaient des néons, il put se calmer un peu.

Dans les environs, la nuit s'infiltrait. Un vent léger apportait l'odeur douce et fraîche des feuilles. Les petites feuilles poussées sur les arbres en bordure de la rue brillaient sous les néons. Dès le camion-citerne passé, bus, voitures et camions chargés de marchandises filaient légèrement dans la rue effleurée par les lumières des appartements.

Les trottoirs étaient envahis par des gens qui avaient chacun leur projet pour le soir. Leurs visages n'étaient ni soucieux ni tristes, mais optimistes, et leur pas était dynamique. Quelques-uns marchaient plongés dans leurs pensées. Certains étaient marqués par la satisfaction de la vie et d'autres par la lassitude. Leur allure, par rapport aux gens rassurés et passionnés, est lente et leur pas quelque peu arrogant, pourtant le sourire de la fierté de vivre dans une ville entre les montagnes leur était commun à tous.

Une voix aimable se fit entendre à côté de lui.

— Bonsoir.

Jong Jin-Woo se retourna.

C'était l'ingénieur au deuxième étage. Le mari de l'institutrice qui avait un amour sincère pour ses élèves, l'homme heureux en famille, la personne portée sur la boisson… Il portait un costume marron et tenait un sac gonflé par son casse-croûte. De son chapeau sombre enfoncé jusqu'aux sourcils émergeaient des cheveux raides. Les épaules rendues solides et larges par le travail, le cou épais, les rides imprimées sur son front et autour de sa bouche comme autant de traces d'un travail honnête, les yeux brillants comme ceux des jeunes… Il laissait transparaître la fatigue doucereuse du travail physique et répandait l'odeur fraîche du travail en plein air.

— Vous sortez du bureau ? demanda Jong Jin-Woo.

— J'ai fini ma journée. Parce que j'ai monté rapidement la grue… Camarade juge, à quoi pensez-vous avec tant de sérieux ?

— …

— Je me doute que c'est une affaire de divorce.

— Votre doute est fondé.

— Votre métier de juge est fort difficile. Même après le bureau, les affaires restent collées dans la tête…

Il s'inquiétait vraiment de cela et il demanda :

— En ce moment aussi votre femme est en voyage d'affaires ?

Jong Jin-Woo hocha la tête en souriant légèrement du coin de la bouche. Au début, le fait que sa femme partait en voyage d'affaires en laissant le soin du ménage à son mari était un sujet de discussion pour tout le quartier et c'était devenu une sorte de salutation. Cette question empreinte à la fois de compassion et d'émotion était quelquefois pénible à entendre, mais, cette fois-là, il l'entendit avec reconnaissance. Ce que souffrait sa femme pour cultiver des légumes était pour lui un travail aussi important que de découvrir une nouvelle planète.

— Camarade juge, ça vous intéresse de prendre un verre ?

Jong Jin-Woo leva les yeux à la proposition de l'ingénieur. Un bistrot pris dans un néon vert était devant eux. Quelques personnes à l'intérieur vidaient leur verre accoudées au bar.

— Rentrons directement, refusa Jong Jin-Woo.

— De toute façon, vous serez seul à la maison, allons boire un pot.

Avant même de le boire, le verre s'était transformé en pot.

Jong Jin-Woo saisit le poignet épais de l'ingénieur.

— Vous ne vous inquiétez pas pour votre femme qui vous attend tous les soirs à l'extérieur de l'immeuble en se faisant du souci ? Son souci pour ses élèves suffit pourtant déjà à lui blanchir les cheveux.

L'ingénieur, ne sachant que faire, eut un sourire conciliant, puis se tourna vers le BISTROT, ses pas ne décollant pas. Il passa une fois sa langue sur ses lèvres et fit un pas déterminé. Plaçant une cigarette dans sa bouche, il dit fièrement :

— Camarade juge… comme vous le voyez, je suis en pleine forme. Mais ma femme… me fait des reproches en disant que ma santé est trop mauvaise pour boire.

— C'est l'amour de votre femme.

— *Oigu*, j'en ai marre d'entendre ça… Au début, j'y ai consacré toutes mes forces, mais en vain. Ses reproches n'ont cessé de s'allonger. Alors maintenant, j'ai adopté comme méthode de fermer ma bouche. C'est commode. C'est comme l'averse qui ne tombe en trombes qu'un instant. Après il fait beau.

— Vous buvez tout le temps ?

— Camarade juge, contrairement à la loi, ma femme est généreuse et son indulgence est grande. Je promets un jour, et quand je bois le lendemain, elle me pardonne quand même en soupirant.

— Moi je croyais que votre famille était très harmonieuse.

— Alors, qu'est-ce qui ne va pas ? rétorqua l'ingénieur.

Jong Jin-Woo répondit doucement :

— Si vous faites autant souffrir votre femme, comment peut-elle enseigner et aimer ses étudiants ?

— ?!…

L'ingénieur jeta un regard apeuré sur le visage de Jong Jin-Woo.

— Votre femme vous pardonne apparemment avec un soupir, mais elle pleure à chaudes larmes dans son cœur. En se souvenant de la période du début de votre mariage, quand vous étudiiez l'esprit clair et que vous viviez sainement. A cette époque, je pense que vous buviez moins.

— …

L'ingénieur mit ses mains dans ses poches et marcha tête baissée. Comme s'il avait oublié un compagnon de route parce qu'il était plongé dans ses pensées, il se retourna en criant tout à coup.

— Pour moi l'alcool… n'est pas toute ma vie. Il n'y a pas de raison que je n'y arrive pas !

Il accéléra son pas.

Jong Jin-Woo sourit. L'attitude peu aimable de l'ingénieur lui plaisait.

Il était heureux que le but de sa vie de jeune homme n'ait pas été complètement dissous dans l'alcool.

— Quand même, il n'est pas nécessaire de se mettre en colère. Marchons ensemble.

Jong Jin-Woo rattrapa l'ingénieur.

Celui-ci marchait les yeux rivés sur le sol, la mine sombre. Son casse-croûte pris dans son sac semblait sur le point de tomber.

Jong Jin-Woo repoussa le casse-croûte à l'intérieur. Il ne se sentait pas bien. Il regretta d'avoir gâché la bonne humeur de l'ingénieur qui avait terminé son travail difficile.

— Je pense que je me suis mêlé légèrement de votre vie privée... Pardonnez-moi. De temps à autre, j'impose la gravité de la loi à la vie privée des autres sans échapper à mes habitudes professionnelles. A cause de cela, plusieurs camarades se sont éloignés de moi.

L'ingénieur leva la tête. Son visage était triste, mais il le regarda avec des yeux pensifs. Dans ses yeux, il n'y avait pas seulement comme tout à l'heure de la joie, de la satisfaction simple à propos de sa vie entre le travail et l'alcool. Une lueur graduelle latente s'écoulait de ses yeux qui avaient reçu le soleil du soir. Ses yeux clignotaient comme s'il voulait qu'ils ne soient plus jamais troublés à cause de l'alcool.

— Camarade juge... j'étais en colère contre moi-même.

La voix de l'ingénieur était lourde et sérieuse.

— Je vous respecte, camarade juge, plus que tous mes compagnons de boisson. Franchement, je me suis quelquefois moqué de vous parce que vous soutenez votre femme qui fait des recherches. Pourtant, moi, j'ai vécu sans rien créer. Il me semble que j'ai passé mon temps en vain entre l'alcool et l'amour de ma femme. Chez moi, dans une valise couverte de poussière rangée dans l'armoire à couettes, il y a plein de papiers concernant les sujets sur lesquels j'ai un peu travaillé quand j'étais jeune.

Il continua avec tristesse :

— A une époque, ma femme faisait la poussière de cette valise tous les jours. Parce qu'elle espérait quelque chose de moi… hou – ça fait bien longtemps… Maintenant, ce temps perdu… je ne peux plus le retrouver.

Jong Jin-Woo encouragea sincèrement l'ingénieur franc et naïf.

— On dit que même si on se couche tard, le soleil se lève à la même heure pour tout le monde. Ne soyez pas déçu. Si vous comprenez que le temps est important et si vous faites des efforts, vous pouvez réussir. Camarade, votre femme excelle dans l'enseignement et vous aide moralement.

Les deux hommes marchèrent en silence. Après la rue bordée d'arbres, ils tournèrent à droite et leur immeuble apparut.

Une femme vêtue d'un simple pull s'approcha précipitamment. C'était la femme de l'ingénieur. Elle accueillit chaleureusement son mari qui marchait en regardant le sol. Il semblait que le regret et le désir d'une nouvelle vie l'avaient plongé dans l'angoisse.

L'institutrice salua légèrement Jong Jin-Woo et s'approcha de son mari le visage soucieux.

Jong Jin-Woo les devança pour ne pas les déranger. Il gravit lentement l'escalier de l'immeuble. Dès qu'il atteignit le couloir du deuxième étage, la solitude et ses devoirs habituels le rattrapèrent. La maison vide sans femme, le contrôle de la serre dans la chambre du fond, la cuisine du soir… Ces travaux qui attendaient la main de sa femme allaient déranger de nouveau son repos et aussi empiéter sur son temps de réflexion.

Mais Jong Jin-Woo se débarrassa du mécontentement comme au moment où sa femme était partie

pour Yonsudok, dix jours auparavant. S'il jugeait
sans dormir suffisamment, que se passerait-il ? Il
ne pourrait même pas aider sa femme à entamer
une nouvelle recherche sur les légumes à Yonsudok !... Il ne fallait pas devenir comme ceux qui
abandonnent leurs buts élevés dans la vie, parta-
gés au moment du mariage. Il ne s'était pas marié
pour sa tranquillité et pour sa jouissance. C'était
pour cela qu'il ne pouvait pas oublier la beauté
des jours de mars sous la neige, vingt ans auparavant, quand avait eu lieu leur mariage.

15

Jong Jin-Woo tâtonna dans sa poche et en sortit sa clé.

Mais à sa grande surprise il entendit un bruit de pas familier et la porte s'ouvrit largement.

Sur le seuil sa femme se tenait debout, le visage enchanté et gêné à la fois, et qui frottait ses mains sur son tablier. Comme toujours, son salut du regard fut doux et profondément sensible. La compréhension était évidente dans son regard et c'était un accueil chaleureux sans ostentation.

Le visage de sa femme semblait plus émacié et plus ridé que dix jours auparavant. Sur ses joues néanmoins il y avait une rougeur comme une jeune femme prise dans le vent froid des plateaux du Nord. Impossible de savoir si cette couleur était venue parce qu'elle s'était occupée en hâte de la cuisine dès qu'elle était rentrée à la maison ou qu'elle était désolée que son mari soit resté seul pendant dix jours.

Le visage franc de sa femme plaisait vraiment à Jong Jin-Woo. Il remarqua à nouveau que la simplicité et la douceur que n'altéraient absolument pas la lassitude ou la grisaille de la vie quotidienne coulaient sur le visage de sa femme.

Un peu plus tard, Jong Jin-Woo découvrit des traces de la difficulté de la recherche et de la fatigue du long voyage cachées dans la rougeur du visage de sa femme.

— Vous vous êtes donné beaucoup de mal pendant tout ce temps.

Il avait voulu lui dire quelque chose d'aimable, mais c'était en fait très maladroit.

— Ça va… mais pourquoi êtes-vous allé au bureau sans casse-croûte ?

Eun-Ok l'avait interrogé avec inquiétude, en voyant qu'il rentrait sans sac dans les mains.

— Parce que je me suis réveillé tard… j'ai déjeuné au restaurant.

— Et le petit-déjeuner ?

— Il y avait du riz froid.

— …

Eun-Ok ne répondit pas, comme si elle était coupable, et elle déposa les chaussures de son mari dans le placard.

— Ah, ça sent vraiment très bon à la maison.

Il avait parlé exprès d'une voix forte en ôtant sa veste qu'il passa à sa femme. L'odeur particulière de légumes et de ciboules sautées et la chambre bien rangée apportèrent à son cœur douceur et enchantement.

Ses dix jours de *vie de veuf* et la fatigue physique endurée au tribunal semblèrent fondre d'un coup. Combien de fois avait-il fait l'expérience par le passé de ce genre d'instant où il ressentait vivement la raison de la présence de sa femme à la maison ! Mais, ce jour-là, tant de tranquillité, de joie et de paix, sans comparaison avec le passé, l'enveloppa. La joie sans raison qu'il avait goûtée au début de sa vie d'homme marié en s'installant dans cette maison et l'excitation se levèrent, puis agitèrent son cœur comme une mer qui ne dort pas.

Eun-Ok était en train de mettre la table du dîner en apportant des plats de la cuisine. Ses grandes mains étaient bronzées par le soleil printanier précoce et elles semblaient rêches. Elles étaient épaisses comme celles d'un homme. La nuit de neige où ils s'étaient mariés, alors que sa femme était revêtue d'une robe magnifique, ses mains étaient blanches, petites et douces. Ses cheveux abondants brillaient sous la lune. Ils avaient désormais perdu leur belle couleur noire, ils étaient devenus bruns et secs, et des canards blancs s'entremêlaient sous ses oreilles.

— Je ne sais pas si ça va… dans la serre de la chambre du fond.

— Vraiment… je vous remercie. Et vous avez aussi rempli le journal de contrôle…

Eun-Ok répondit durement comme à quelqu'un qui l'aurait beaucoup aidée, mais pas comme à un mari. Le véritable remerciement et la confiance, qui ne leur étaient pas habituels, étaient inclus dans ses paroles.

— Il faisait froid à Yonsudok ?

— Il a neigé. Et le vent a soufflé fort… La terre glacée pendant la nuit ne dégelait un petit peu qu'en plein jour. C'est un temps exceptionnel.

— Les graines de légumes n'ont pas gelé ?

— Pas du tout. Tout pousse très bien. Cette année, les choux sortent avec vigueur.

On aurait dit que Eun-Ok ne parlait pas de légumes, mais d'un fils qui grandissait bien et qui faisait ses dents. Le sourire pur et fier venait d'éclore sur ses lèvres, et dans ses yeux brillait la maternité.

Jong Jin-Woo fut touché de se rappeler que sa femme avait un sourire pareil à celui-là lorsqu'elle prenait leur fils dans ses bras pour le caresser et lui donner le sein.

Il dit à voix basse en se frottant les mains :

— Cette année… je souhaite que les feuilles de choux soient larges et grandes… qu'il n'y ait pas d'insectes pour les radis… Comme les tomates et les concombres sont en avance… la récolte sera sans doute bonne… J'espère que les fruits ne seront pas mous comme l'an dernier, à cause de la chute des fleurs…

Jong Jin-Woo avait exprimé franchement son sentiment, de façon à consoler et soutenir chaleureusement sa femme, et lui transmettre optimisme et espoir pour son travail de recherche.

Eun-Ok laissa retomber sa main qui tenait un plateau vide et regarda affectueusement son mari. Des bords légèrement ridés de ses yeux dociles s'écoula un petit sourire compréhensif. Les problèmes de choux qui ne grandissaient pas, de radis mangés par les insectes, de tomates et de concombres qui mouraient dès qu'ils apparaissaient étaient compliqués pour des questions de temps, de semences, de génétique, de cellules… et de climat continental en région de haute montagne, pourtant son mari avait exprimé un souhait naïf et simple. Avec le temps, elle ressentait profondément l'amour de son mari pour elle, l'amour continuel et inchangé qu'elle avait goûté, le cœur battant, au début de leur mariage, à travers les souhaits modestes de son mari. Le but de son travail de recherche était devenu une promesse de mariage qui s'était solidifiée avec le temps, pourtant la patience et la sincérité de son mari n'avaient pas faibli et le bonheur de la famille s'était parfaitement maintenu sans se soucier des difficultés du travail de recherche. Bien évidemment, son mari se plaignait également de cette vie immuable… Eun-Ok ressentit davantage l'affection de son mari qu'au retour d'autres voyages ordinaires. Aussi les difficultés des dix jours à Yonsudok et la fatigue accumulée pendant le trajet en montagne s'évanouirent comme le brouillard.

— La soupe va refroidir. Servez-vous.

— Vous aussi, dit Jong Jin-Woo en s'approchant de la table.

— Les plats sont merveilleux… des aralies, des fougères… Comment avez-vous trouvé le temps d'en récolter ?

— Ce sont les gens de mon pays natal qui me les ont données. Ils les ont liées en bottes et les ont mises dans le camion.

— !…

L'année d'avant, deux ans avant, et pendant des années, à la même saison, ils avaient échangé les mêmes paroles. Ils soulevèrent leurs couverts, la voix étouffée par l'affection des gens généreux de Yonsudok, qui avaient arraché des sacs d'aralies, coupé les fougères à la faucille et chargé le sésame dans un camion.

La nuit printanière commença à tomber à l'extérieur des fenêtres.

Les petites branches couvertes de feuilles des arbres dressés dans la rue effleuraient calmement les fenêtres comme si elles voulaient appeler quelqu'un. Parce que le vent printanier, sans doute, n'avait pas envie de dormir. Il ne semblait pas fatigué d'avoir couru au pied des montagnes si éloignées, dans les vallées, dans les champs.

Non, c'était plutôt par fatigue qu'il semblait vouloir entrer dans la maison. Comme la nuit tombait et que son corps gelait à cause du froid printanier, il se rappelle qu'il a besoin d'un endroit pour se reposer. Pour le vent, il n'y a pas de nid. D'où, par qui, pour quelle raison a-t-il été chassé, a-t-il trahi, abandonné de lui-même sa *famille* ?… On ne sait d'où il vient, mais il est malheureux pour l'éternité. Il erre en pleurant dans un immense espace, il reçoit la pluie froide dans une forêt ou sur la rivière en tremblant, il gèle complètement dans la tempête de neige. La douleur accumulée avec le temps et son caractère devenu brutal en raison de la souffrance, il est froid pour tout le monde et se lance parfois violemment même les jours tranquilles quand brille le soleil. Il est arrogant et jaloux, il se met en colère, il crie, il s'agite à tort et à travers. C'est pour cela qu'il vit malheureux, sans compagnon…

Le vent harcèle la fenêtre avec les branches d'arbre, comme si une famille chaleureuse où fleuriraient la confiance et l'affection lui manquait.

La nuit se fit plus profonde.

La vaisselle terminée, Eun-Ok lava proprement tous les vêtements accumulés pendant ce temps. Lorsqu'elle eut fini d'observer et de s'occuper des semis dans la serre de la chambre du fond, un par un, le temps avait filé.

Pendant ce temps-là, Jong Jin-Woo avait ouvert des livres et posé des feuilles blanches sous la lampe de bureau. Il écrivit, il consulta les livres, il se plongea dans des pensées profondes, puis il recommença à écrire.

Eun-Ok s'approcha sans bruit derrière son mari. Lorsque celui-ci posa son stylo pour se plonger dans ses pensées en appuyant sa tempe sur sa main, elle posa silencieusement sa main sur ses épaules solides sans s'en rendre compte.

Jong Jin-Woo toucha la main devenue rêche de sa femme et il l'attira pour la faire asseoir sur une chaise près de lui.

Eun-Ok posa ses joues dans ses mains et observa attentivement le visage épuisé de son mari.

— C'est une thèse ?

— Presque. C'est pour un recueil de thèses de droit, mais ce n'est pas facile.

Jong Jin-Woo observa en face un moment le regard doux et si affectueux de sa femme, puis il sourit légèrement.

Eun-Ok prit prudemment les feuilles sur le bureau. Avec le contenu du manuscrit, elle n'en apprécia que davantage les efforts continus de son mari et ses yeux s'emplirent de larmes en survolant les lignes.

— Vous pouvez me conseiller un peu ? demanda-t-il à moitié en plaisantant.

Eun-Ok blâma son mari d'un regard doux et tourna les feuilles. Elle les lut sérieusement jusqu'à la dernière et les reposa sur le bureau.

— Vous allez travailler aussi ce dimanche ?

— Eh bien...

Jong Jin-Woo ne termina pas sa phrase. Il avait beaucoup de choses à faire.

Eun-Ok tira le premier tiroir du bureau et en sortit deux billets de cinéma. Elle le regarda avec un sourire limpide. Une lueur de jeunesse passa dans ses yeux.

— Reposez-vous ce dimanche. Allons faire une partie de bateau au parc d'attraction... ou nous balader au bord du fleuve. Et au cinéma le soir...

— Vos projets sont aussi grandioses que ceux de jeunes mariés. *Hŏ*, nous avons passé la cinquantaine...

— En quoi l'âge est-il un obstacle aux activités culturelles ? Tant que le cœur est encore jeune...

— Nous sommes jeunes... Nous vivons parce que nous sommes jeunes. Il est vrai que nous n'avons pas perdu notre passion pour la vie ni pour notre travail... Merci. Mais dimanche... ça ne me paraît pas possible.

— Pourquoi ça ?

— Je dois rendre visite à quelqu'un à Kangan-dong.

— Un problème de divorce ?

Jong Jin-Woo hocha tristement la tête.

Eun-Ok garda le silence. Après avoir poussé un soupir de regret, elle remonta ses cheveux blancs avec la main. Depuis toujours, elle ne faisait preuve d'aucun intérêt pour les malheurs des autres familles. Non seulement parce que c'étaient les affaires de son mari, mais aussi parce qu'elle ne pouvait pas dormir tant elle était peinée dès qu'elle ouvrait un baluchon de divorce, et enfin parce qu'elle avait compris de bonne heure que sa pitié et sa colère profondes étaient inutiles. Ou plutôt que cela ne pouvait que faire davantage souffrir son mari. Alors elle ne l'interrogeait plus, pourtant l'ombre noire du mot *divorce* était passée sur son visage et avait déjà troublé l'atmosphère de la pièce.

Tous deux restèrent silencieux.

Ils abandonnèrent la joie simple de la vie quotidienne et leur projet rare et amusant pour le dimanche. Puis, comme s'il était arrivé un malheur à des amis proches, leur cœur plongea dans l'amertume.

A l'extérieur, le vent poussa un soupir comme une plainte en agitant les branches.

Jong Jin-Woo, tournant son regard vers les feuilles sur lesquelles il venait d'écrire, proposa d'une voix calme :

— Vous venez de loin, vous devez être fatiguée, allez vous coucher la première.

— …

Jong Jin-Woo leva la tête parce que sa femme n'avait pas répondu.

— Vous avez quelque chose à me dire ?

— Chéri… c'est pénible d'être seul à la maison, n'est-ce pas ?

— Alors, je devrais divorcer ?

Jong Jin-Woo sourit largement.

Eun-Ok ne sourit pas.

— Ne vous faites pas de souci pour rien et allez vite dormir.

— Préparer le riz du matin, aller au tribunal, surveiller la serre dans la chambre d'en haut, écrire une thèse… je pense que c'est très difficile.

Jong Jin-Woo sentit que sa femme espérait une réponse sérieuse. Il posa son stylo et appuya ses coudes sur le bureau.

— On dirait bien que vous avez lu dans mes pensées aujourd'hui…

— …

Eun-Ok baissa les paupières.

Jong Jin-Woo prit la main rêche de sa femme entre les siennes.

— C'est un peu difficile, mais… quelquefois je ne suis pas content et je m'énerve… C'est une vie intéressante… Je suis heureux que nous avancions pas à pas vers nos buts, nos rêves de l'époque de notre mariage. Dans votre vie de recherche, vous si faible… sur ce long chemin de labeur, même si vos cheveux blanchissent, vous ne reculez jamais, et cela me rend si fier de vous. A vrai dire, je n'avais jamais ressenti ce genre de sentiment de camaraderie sincère et propre. Quand j'étais jeune, je vous ai soutenue parce que vous étiez adorable, puis après c'était par devoir parce qu'un mari doit soutenir sa femme. Alors j'ai envié la vie confortable et ordinaire des autres et j'ai quelquefois souhaité vivre un bonheur familial tout simple.

— !…

Eun-Ok, touchée, caressa le dos de la main de son mari avec ses mains rêches et chaleureuses. Des larmes emplirent ses yeux.

— Nous échangeons de bonnes paroles, pourquoi ces larmes ?… C'est plus difficile pour vous que pour moi. Bien plus difficile. Regardez vos mains gercées. Mettez des gants… Il n'est peut-être pas possible d'en mettre pendant les repiquages, mais pour les autres travaux, mettez-en.

— D'a… ccord.

Eun-Ok essuya ses larmes avec ses doigts.

— Ne soyez pas déçue. Votre travail de recherche a vraiment avancé… Les radis et les choux sont presque réussis. Vous avez en main la situation avec les concombres et les potirons… Oui, bien en main. L'année prochaine, les gens de Yonsudok vont sans doute pouvoir manger des choux et des radis frais, non ?

— On dirait bien…

Un sourire éclaira petit à petit le visage de Eun-Ok.

— Cette fois-ci, quand repartez-vous pour Yonsudok ?

— Si vous me le permettez, je repartirai lundi.

— Lundi ?… Alors c'est pour cela que vous avez échafaudé un projet pour dimanche… Partez donc. Et ne me laissez pas un petit message avec *pardon* ou *requête* comme l'autre jour. *Hŏ,* je pense que je fais un assistant de recherche parfait.

— !…

Le vent recula silencieusement comme s'il baissait la tête devant l'ambiance confortable de la maison dont s'écoulait la lueur de la lampe de bureau.

16

Dès que Soon-Hwi eut fini de donner son dîner à Ho-Nam, elle se laissa tomber sur le lit. Plus le temps passait, plus elle était couverte de honte et de dégoût d'elle-même. Son corps, qui avait reçu un grand choc psychique, était dispersé comme l'écume enfouie dans le chagrin et le désespoir, semblant voler vers une plaine immense où souffle le vent. Les environs étaient noirs comme dans l'obscurité complète et la bougie de la vie était de plus en plus faible. Chaque fois que soufflait le vent, la flamme tremblait dangereusement, puis s'éteignait. La mèche rouge se consumait tristement puis disparaissait dans l'obscurité…

Soon-Hwi se réveilla, tremblante de surprise. La chambre était tranquille et Ho-Nam était en train de fabriquer des lunettes avec des tiges de sorgho près des pieds de la table. Elle l'enlaça et lui demanda avec tendresse en espérant se consoler et se calmer :

— Tu ne veux pas dormir ?…
— Je finis ça d'abord…
— Viens là.
— Non, je dormirai quand Père rentrera.
— …

Soon-Hwi ne voulut pas briser l'entêtement de son fils. Elle soupira légèrement et ferma les yeux. Mais elle se souvint du regard du juge, doux et perçant à la fois, et ses paroles aiguës résonnèrent dans ses oreilles comme si un scalpel fouillait partout dans son cœur. L'analyse pointue du juge l'avait révélée comme un miroir. Ce miroir était comme un rayon qui avait découvert la maladie dans son cœur et le diagnostic était aussi un miroir psychique. Devant lui, elle ne pouvait cacher ses défauts, ni plaider, ni supplier en pleurant. En vérité comment avait-elle fait de la musique ?... Comment avait-elle vécu et considéré son mari ?...

Ho-Nam, portant les lunettes en sorgho, s'approcha d'elle sur les fesses.

— Mère... elles sont bien ?

— Tu les as très bien faites.

— Papa rentre tard ce soir encore ?

— Euh... je ne sais pas. S'il a trop à faire à l'usine, il ne rentrera pas.

Sa mère lui ayant répondu calmement, contrairement à son habitude lorsqu'il s'agissait de son père, Ho-Nam trouva du courage.

— Mère, tu as fait à dîner pour Père ?

— Oui...

— Voilà, tu penses qu'il va rentrer...

— !...

Soon-Hwi prit son fils astucieux dans ses bras. Ho-Nam se laissa docilement aller contre la poitrine de sa mère. Soon-Hwi caressa doucement les épaules et le dos de son fils. Elle avait compris qu'elle ne pouvait pas effacer de son cœur l'amour affligé pour son père. Car plus la mère traite froidement le père, plus la relation entre mère et fils se détériore, et quand la mère traite bien son mari, le fils aussi accepte l'amour de sa mère. La pureté morale naturelle du fils et sa fidélité touchèrent vivement le cœur de Soon-Hwi. Son sentiment de solitude et de tristesse disparut quelque part au loin et une chaleur douce envahit son cœur.

La nuit était profonde et le vent soufflait à l'extérieur. Soudain le chien aboya *k'ongk'ong*, puis immédiatement gémit de joie. On entendit un bruit de pas familier dans la cour.

— C'est Père.

Ho-Nam bondit d'un coup et ouvrit la porte de la chambre.

— Oh, tu vas te cogner le front sur moi.

Sok-Chun serra d'un coup Ho-Nam sur le seuil de la porte et entra dans la chambre. L'air froid de la nuit et l'odeur d'huile de machine le suivirent.

La voix de son mari et l'odeur unique de son usine qui émanait de son corps firent soudain apparaître toute sa triste vie passée devant ses yeux. Elle eut la sensation très forte que rien ne changerait et que la vie continuerait comme avant. Alors la colère monta en elle sans raison. Soon-Hwi ne regarda même pas le visage de son mari et alla dans la cuisine la tête baissée. Tout en préparant la table du dîner, elle détesta son mari qui discutait tranquillement avec son fils. Indifférents à ce qu'elle ressentait, ils continuèrent leur conversation amicale à l'intérieur de la chambre.

— Qu'est-ce qu'il a fait, Se-Pil ?

— Quand je sors de l'école maternelle, il se cache derrière le mur. Si je ne lui donne pas mon dessert, il me frappe.

— Comment ce gosse peut-il faire ça ?… On va lui donner une leçon. Mais s'il te le demande, tu dois lui en donner un peu. C'est mieux de partager.

— Je lui en ai donné chaque fois. Se-Pil est un rapace.

Soon-Hwi remonta dans la chambre en portant une table pour deux.

— *Igo…* les plats… sont magnifiques…

Sok-Chun avait parlé d'une petite voix, mais sans regarder sa femme.

Soon-Hwi détesta la façon dont son mari, qui avait l'air gêné, embellissait la situation. Elle trouva embarrassant que son mari fasse comme s'il n'y avait pas de dissension dans la famille. Elle se disait que cela aurait sans doute été mieux qu'il s'entête et montre son visage brutal habituel.

Ce jour-là, spécialement, il y avait beaucoup de plats. Parce que le voisin en avait apporté et aussi le chef du comité du peuple. Soon-Hwi sentit qu'elle brûlait intérieurement parce qu'elle avait préparé une table riche comme si elle cédait devant son mari pour revivre ensemble. Pourquoi avait-elle tout préparé sans y penser avec un sentiment de gêne ?… Soon-Hwi ne pouvait comprendre le changement radical de ses sentiments.

— Chérie… cela… lavez-le s'il vous plaît.

Sok-Chun poussa un sac à dos affaissé en direction de Soon-Hwi.

— C'est le sac du camarade juge… je dois le lui rendre.

Sok-Chun continua d'une voix fatiguée en observant le regard curieux de sa femme.

— Le camarade juge est venu il y a quelques jours avec ce sac à dos rempli de sable pour faire la fonte. Comme il savait que je me faisais du mouron à cause la mauvaise qualité du sable, il est allé creuser la rivière d'en face. L'eau devait être très froide… Lorsqu'il s'est dirigé vers Yongsonro en portant ce sac lourd, j'en ai eu la gorge serrée. Ses vêtements étaient mouillés et son pantalon était couvert de vase. Et son visage bleu à cause du froid…

— !…

Soon-Hwi eut soudain le cœur glacé. Elle se rappela clairement que le juge creusait à la pelle dans la rivière quand elle était allée y laver le linge. Elle s'était trompée en pensant que le juge cherchait du sable pour faire des réparations chez lui…

— Vous avez fait… de la fonte… avec le sable du juge ? demanda Soon-Hwi d'une voix basse.

— On n'a pas pu… On ne peut pas utiliser ce genre de sable pour la fonte… J'ai utilisé le sable du port de Soljin à la mer de l'Est qu'a apporté le responsable de matériaux. Mais… je ne pouvais pas dire au juge que le sable de la rivière d'en face n'était pas utilisable…

Sok-Chun poussa un lourd soupir.

Il se dit qu'un jour il aurait l'occasion de lui dire la vérité à propos du sable. De lui dire que ses grands efforts pour sa famille n'avaient pas été vains…

*

C'était dimanche.

Soon-Hwi rentrait en train après avoir participé à la tournée à Songgan. Les artistes avaient voulu partir le samedi, mais ils avaient finalement fait un jour de plus à la demande des ouvriers.

Le train courait en se rapprochant du chef-lieu de la province.

Soon-Hwi appuya ses coudes sur le rebord de la fenêtre, ses joues dans ses mains, assise comme dans une peinture. L'odeur savoureuse de la terre des champs et de l'ombrage frais se déversait par la fenêtre à demi ouverte, mais cela ne l'incitait à rien. Ses lèvres gercées par le maquillage semblaient ne jamais devoir s'ouvrir, comme celles d'une statue, et son regard qui errait vaguement sur les montagnes, les vallées et les champs au loin les évitait comme si cette nature bleue, fraîche et chaleureuse était celle d'un triste début d'hiver. Seul le vent doux ne cessait d'agiter ses cheveux sur son front. Sa frange s'envola comme si elle était vivante, tantôt découvrant agréablement son front, tantôt le couvrant.

— Toi, tu y penses encore, lui dit Eun-Mi assise à côté d'elle sur un ton de reproche. Eun-Mi s'inquiéta de l'humeur de Soon-Hwi qui était toujours plongée dans la souffrance. Le lendemain du jour où elles s'étaient disputées dans la salle de spectacle, Eun-Mi avait engagé la conversation la première avec Soon-Hwi sans la moindre gêne. Soon-Hwi enviait Eun-Mi qui était à la fois gentille, douce et tolérante. Pour Eun-Mi, n'importe quelle tristesse, n'importe quel souci et n'importe quel désespoir pouvaient fondre comme neige au printemps, et on aurait dit qu'elle était capable de faire éclore des graines bleues.

Soon-Hwi détourna la tête et se replongea dans ses pensées. Soudain, Ho-Nam lui manqua. Ces jours-ci, le petit avait-il mangé en allant à l'école ?… Est-ce que Se-Pil de la maison de derrière l'avait frappé ?… Elle s'inquiétait. Que son fils lui manque lui fit immédiatement penser à son mari. Elle ne pouvait pas penser à eux séparément, comme une branche couverte de feuilles. Pourtant son mari ne lui manquait pas. Mais elle pensa que, pendant tout ce temps, il avait peiné à s'occuper du petit et elle ne put complètement effacer l'idée qu'il avait quand même peiné parce qu'elle faisait de l'art. Qu'était-il advenu de son invention ?… Son mari qui ne pouvait vivre sans inventer avait sans doute lutté en s'occupant de son fils du matin au soir… En repensant au dernier soir avant son départ pour Songgan, lorsque son mari était rentré à la maison et qu'il avait agi comme d'habitude en prenant Ho-Nam, elle se sentit triste. Elle regretta de ne pas avoir été gentille avec lui et de ne pas l'avoir accueilli chaleureusement, lui qui essayait maladroitement de changer l'atmosphère lourde de la maison. Elle l'avait trouvé stupide. Cette nuit-là, Ho-Nam avait beaucoup boudé. Après dîner, il était allé dans la chambre du fond avec son père, il avait fabriqué un bœuf et une charrette avec du sorgho pendant un bon moment et il s'était endormi près de son père.

Soon-Hwi voulait voir son fils. Le manque se transforma en chagrin. L'enfant ne viendrait pas accueillir sa mère à la gare. Quand elle était revenue de tournée, pas une fois il n'était venu. Comme son mari ne l'avait jamais attendue, l'enfant ne pouvait pas venir tout seul. Soon-Hwi demanda calmement :

— Eun-Mi... Cette fois-ci, j'ai mal chanté ?

— Tu parles enfin, une heure après notre départ. Tu as chanté très tristement. Tu n'as pas suivi la mélodie, tu as chanté avec un sentiment très sombre. Malgré tout, c'était plutôt bien. Les spectateurs n'ont-ils pas demandé deux ou trois rappels ?

— ...

Soon-Hwi tourna son visage vers la fenêtre. A leur départ, les spectateurs avaient offert aux acteurs des boîtes de tomates de serre. Soon-Hwi se rappela avec douceur les ouvriers de Songgan qui avaient applaudi et lui avaient donné des bouquets de fleurs. Elle se souvint des visages débordants de joie des ouvriers et de l'émotion amicale qui jaillissait comme une source.

— Soon-Hwi, prépare-toi à descendre. On est presque à la gare, dit Eun-Mi, qui était restée silencieuse pour ne pas déranger les réflexions de Soon-Hwi.

En sortant d'un tunnel, le train réduisit la vitesse. Il était sans doute entré en ville, car le bruit des vibrations des roues était devenu beaucoup plus fort avec le changement brutal de voie. Les chanteurs et les musiciens, les voyageurs remirent leurs vestes ou descendirent leurs sacs.

Soon-Hwi ferma les yeux en appuyant son corps sur le dossier de son siège. Elle était toujours descendue du train quand tous les camarades se dirigeaient vers la sortie après avoir retrouvé les maris, les femmes et les familles venus les attendre. Elle pouvait alors dissimuler son douloureux sentiment de solitude, elle que ni son mari ni son fils n'attendaient. Cet instant douloureux se répétait. Le train arriva lentement au quai sur lequel les gens attendaient en file, puis s'arrêta, et Eun-Mi et ses camarades, poussés dans le couloir entre les sièges, descendirent. Les cris agréables de ceux qui se cherchaient, qui s'appelaient, entrèrent par la fenêtre. Comme ils devaient vivre dans le bonheur et l'harmonie pour se retrouver avec autant de joie…

— S'il vous plaît, réveillez-vous. C'est le terminus.

Une jeune contrôleuse qui passait dans le couloir la réveilla doucement.

Soon-Hwi regarda dehors. La foule se calmait et était poussée vers la sortie. Soon-Hwi recoiffa grossièrement avec les doigts ses cheveux dispersés et prit sa valise. Lorsqu'elle descendit du train, elle était la dernière.

Le quai était complètement vide. A part deux personnes qui tenaient la main d'un enfant de cinq-six ans devant la sortie.

Soudain, Soon-Hwi se mit à trembler. La joie comme une peur vibrante parcourut son corps comme un courant électrique. Il était évident que les deux personnes sur le quai étaient le juge et son mari. L'enfant était Ho-Nam.

— Mère !

C'était la voix de son fils telle qu'elle était gravée dans son cœur depuis que la maternité avait bourgeonné. L'enfant fila comme une balle en caoutchouc.

— Ho-Nam !

Soon-Hwi courut en direction de son fils sans réfléchir en laissant tomber son sac. Ho-Nam se jeta presque dans les bras de sa mère. Soon-Hwi faillit en tomber. Elle se pencha et prit son fils. Mais elle ne put le prendre ainsi contre sa poitrine et plia les genoux pour s'asseoir. Puis elle put enfin se calmer en serrant le corps tout entier de son fils contre elle.

Ho-Nam chuchota :

— Mère, ce monsieur est venu à la maison. Comme tu n'étais pas là, il a proposé de t'attendre avec moi et Père à la gare…

— !…

— Et Père veut aller étudier à l'université le soir.

— Ah oui…

La gorge de Soon-Hwi se serra et elle avala quelque chose de chaud. Elle se releva lentement en serrant le poignet de son fils. Avec des larmes dans les yeux, le juge et son mari lui apparurent flous.

Jong Jin-Woo resta sur le quai et Sok-Chun s'avança seul. Il se saisit du sac de voyage de sa femme sans dire un mot.

Les époux, après une longue absence, se regardèrent sans chercher à éviter leur regard. Un visage bourru et un visage triste. Leurs regards pleins de rancœur et de compréhension, de pardon et d'espoir se caressèrent le cœur.

Ho-Nam se glissa entre son père et sa mère et leur prit la main. Tenir la main de ses parents semblait lui manquer énormément.

Jong Jin-Woo posa un regard doux sur les trois personnes qui s'approchaient.

Soon-Hwi essuya rapidement ses larmes avec ses doigts.

— Le spectacle a été un succès ? demanda amicalement Jong Jin-Woo pour la saluer.

Soon-Hwi s'inclina. Dans son cœur ondulèrent le respect et un sentiment de confiance envers ce travailleur de la loi aux cheveux couverts de givre. Son cœur chauffa et devant ses yeux gonfla une sorte d'espoir frais sur la vie.

Ils parvinrent à la petite place devant la gare.

Jong Jin-Woo saisissant le poignet de Ho-Nam proposa :

— Toi, tu ne veux pas venir chez moi ?

— Vraiment ?…

— Bien sûr.

— La maman de chez toi est rentrée ?

— Oui. Elle espère que je te ramène.

— On y va, cria Ho-Nam.

Soon-Hwi le gronda du regard, mais il se cacha derrière les jambes du pantalon de Jong Jin-Woo.

Le juge leur dit en souriant largement :

— Camarade Sok-Chun, partez devant avec la camarade Soon-Hwi. Je vais me promener avec Ho-Nam. Je vous le ramènerai ce soir.

Jong Jin-Woo voulait que les époux marchent ensemble pour la première fois depuis longtemps. Comme c'était l'anniversaire de leurs dix ans de mariage, ils avaient bien des choses à penser. Premier amour, débuts du mariage… souvenirs, leçons de vie, espoirs…

*

Jong Jin-Woo marchait dans la rue en tenant la main de Ho-Nam.

Le soleil de mai brillait agréablement et les feuilles des arbres de la rue répandaient un frais parfum. L'ombre tremblotait ici et là sur le chemin pavé.

Toutes les fenêtres étaient ouvertes au soleil et à l'air frais.

Il y avait un jardin à l'entrée du chemin qui menait au parc d'attraction. C'était un jardin de fleurs tardives de printemps à l'intérieur du parc qui offrait un paysage d'arbres de toutes espèces.

Ils s'arrêtèrent près d'un banc bleu brillant.

— On se repose un peu ici ?

— Oui.

Jong Jin-Woo et Ho-Nam s'assirent sur le banc côte à côte.

Le parfum sucré des fleurs chatouillait le nez.

Un couple de jeunes mariés entouré de gens arrivait par un chemin couvert de gazon. Ils semblaient vouloir prendre une photo dans le jardin fleuri, avec des arbres et de hauts immeubles en arrière-plan.

Les jeunes mariés s'approchèrent du banc où ils étaient assis. Le visage du jeune marié était lumineux comme la fleur accrochée à sa poitrine. La même fleur était accrochée au boléro de la jeune mariée et la rose sur sa tête comme un bijou rouge était remarquable. Les pans de la robe de la mariée, ses chaussures comme des graines de concombre au bas de sa robe qui touchait presque le sol se déplaçaient à pas légers. Ils s'arrêtèrent près du banc pour poser affectueusement. La jeune mariée appuya doucement sa tête sur l'épaule de son mari.

Le photographe plia les genoux pour faire sa mise au point.

Ho-Nam, excité sans raison, agita ses fesses sur le banc. Puis il exprima en un seul mot à Jong Jin-Woo son sentiment naïf.

— C'est bien ?

— Hum…

Jong Jin-Woo, plongé dans une pensée profonde, approuva.

Une scène de jour heureux pour fonder une jeune et nouvelle famille, un beau tableau de la vie, le mariage… Un souvenir pour les personnes âgées et une réalité pour les jeunes, une coutume paisible qui passe sans faute comme le temps aux générations suivantes. Les hommes la continuent depuis des milliers d'années, mais la joie de ce jour ne s'altère pas. C'est une tradition éternelle du monde des hommes que rien ne peut briser.

— Monsieur…

Ho-Nam prit une mine sérieuse d'adulte et dit :

— Ce serait bien si ma maman et mon père se mariaient.

— !…

S'il racontait à cet enfant que ses parents s'étaient déjà mariés comme ces jeunes-là avant sa naissance, l'enfant serait déçu.

Il testa discrètement les arrière-pensées de l'enfant.

— On dirait que tu veux manger de bons gâteaux.

— Non.

— Alors ?

— S'ils se mariaient, ils seraient heureux comme ceux-là, non ?

— !…

Les yeux de Jong Jin-Woo le piquèrent. Bien sûr, s'ils se mariaient, ils vivraient en harmonie, et toi aussi tu pourrais vivre heureux dans l'ombre claire de tes parents. Pourtant il n'y a rien à faire. Le genre de mariage que tu souhaites n'a lieu qu'une seule fois dans la vie… Que peut-on dire à un enfant qui ne peut comprendre la réalité sociale des relations de mariage ?

Jong Jin-Woo regarda Ho-Nam et le consola en lui-même. Ne t'inquiète pas. Ton père et ta mère vont se marier à nouveau. Sans cérémonie de mariage, ils vont créer une famille nouvelle. Ce sera un mariage spirituel.

Les vagues des gens qui profitaient du dimanche s'écoulaient.

Ils ont des familles ou vivent dans une famille. Aucun ne vit sans famille. Une famille où règne l'amour est un monde beau où grandit l'avenir.

TABLE

OUVRAGE RÉALISÉ
PAR L'ATELIER GRAPHIQUE ACTES SUD
ACHEVÉ D'IMPRIMER
SUR ROTO-PAGE
EN OCTOBRE 2011
PAR L'IMPRIMERIE FLOCH
À MAYENNE
POUR LE COMPTE DES ÉDITIONS
ACTES SUD
LE MÉJAN
PLACE NINA-BERBEROVA
13200 ARLES

DÉPÔT LÉGAL
1re ÉDITION : SEPTEMBRE 2011